Der Erste Weltkrieg
Die Seeschlachten

Ernst-Ulrich Hahmann

DER ERSTE
WELTKRIEG

Die Seeschlachten

Krieg über und unter Wasser

Erzählende Geschichte.

Bibliografische Information der Deutschen Nationalbibliothek.
Die Deutsche Nationalbibliothek verzeichnet diese Publikation in
der Deutschen Nationalbibliothek, detaillierte bibliografische
Daten sind im Internet über http://dnb.ddb.de abrufbar.

Umschlagentwurf und Layout: Ernst-Ulrich Hahmann

© 2025 Ernst-Ulrich Hahmann

Verlag: BoD · Books on Demand GmbH, In de Tarpen 42,
22848 Norderstedt, bod@bod.de
Druck: Libri Plureos GmbH, Friedensallee 273, 22763 Hamburg

Printed in Germany

ISBN: 978-3-7693-5049-4

18,99 Euro

Der Erste Weltkrieg wird oft als ein Krieg der Schützengräben und der endlosen Stellungskämpfe an der Westfront in Erinnerung behalten. Doch es war nicht nur ein Krieg des Landes, sondern auch ein Krieg auf und unter den riesigen Wasserflächen der Meere.

Die Ozeane wurden zu strategischen Schauplätzen, auf denen Großmächte um Vorherrschaft und Kontrolle kämpften.

Der Seekrieg des Ersten Weltkrieges war ein Wesentlicher, wenn auch oft weniger beachteter Teil der militärischen Auseinandersetzung.

Er spielte eine entscheidende Rolle, insbesondere im Zusammenhang mit der wirtschaftlichen Blockade, dem U-Boot-Krieg und einigen bedeutenden Seeschlachten.

Die deutsche Kriegsflotte des Kaiserreiches, auch bekannt als kaiserliche Marine, bestand während der Zeit des deutschen Kaiserreiches (1871 - 1918) aus verschiedenen Schiffstypen, die unterschiedliche Rollen in der Seekriegsführung spielten.

Die Flotte wurde insbesondere ab der Jahrhundertwende stark ausgebaut, um mit den anderen Seemächten, insbesondere Großbritannien, zu konkurrieren.

Unter der Führung von Kaiser Wilhelm II. und maßgeblich beeinflusst durch Admiral Alfred von Tirpitz wurde ein massives Flottenbauprogramm initiiert, das in mehreren Flottengesetzten festgelegt wurde.

Die kaiserliche Marine war eine der bedeutendsten Seestreitkräfte der damaligen Zeit und spielte während des Ersten Weltkrieges eine entscheidende Rolle in der Seekriegsführung, besonders in der Nordsee und im Atlantik. Die berühmte Seeschlacht vor dem Skagerrak (auch bekannt als die Schlacht von Jütland) im Jahr 1916 war die größte Seeschlacht des Ersten Weltkrieges.

Der Erste Weltkrieg markierte auch einen Wandel in den Seemachtsverhältnissen, wobei Großbritannien seine Dominanz behielt, aber die USA als bedeutende Seemacht aufstieg.

Insgesamt hatte der Seekrieg einen tiefgreifenden Einfluss auf den Verlauf des Ersten Weltkrieges, insbesondere durch seine

Auswirkungen auf die Wirtschaft und den Nachschub der Krieg führenden Nationen.

Die Rolle der Marine wurde oft als sekundär betrachtet, aber in Wirklichkeit war sie entscheidend für den Ausgang des Krieges und beeinflusste die geopolitische Landschaft des 20. Jahrhunderts nachhaltig.

1.

Entgegen den Bestimmungen des Völkerrechts hatte die britische Regierung bereits im November 1914 eine *„Fernblockade"* gegen die deutsche Küste verhängt, um das Deutsche Reich von den Einfuhren aus Übersee abzuschneiden.

Die sogenannte *„Fernblockade"* wurde nicht nur bis zum Ende des Krieges 1918 durchgeführt. Auch nach dem Waffenstillstand wurde diese fortgesetzt, um sicherzustellen, dass Deutschland die Bedingungen des Versailler Vertrages akzeptierte.

Diese Maßnahme stieß auf Kritik, da sie als unnötige Fortsetzung des Leids der deutschen Zivilbevölkerung angesehen wurde.

Ursprünglich war es das Ziel der Blockaden, die Häfen des Gegners von See aus abzusperren und damit seinen Seehandel zu stören.

Großbritannien ging weit über das rechtlich Zulässige hinaus und verhängte Hungerblockaden über Deutschland. Seine Kriegsschiffe beschlagnahmten bei Kontrolle neutraler Frachtschiffe alle Waren - auch Lebensmittel -, die für Deutschland bestimmt waren oder von dort kamen.

Die Royal Navy patrouillierte im Ärmelkanal und in der Nordsee, um sicherzustellen, dass keine Schiffe Deutschland erreichen konnten.

Schiffe, die verdächtigt waren, verbotene Waren zu transportieren, wurden oft beschlagnahmt oder zurückgewiesen.

Häfen wie Scapa Flow dienten als wichtige Stützpunkte für die britische Blockadeflotte.

Die Sperrlinie reichte von Norwegen bis zu der Shetlandinseln und zum Ärmelkanal.

Alle Schiffe waren angewiesen, kontrollierte Seewege in der Nähe der englischen Küste zu benutzen, und wurden von der englischen Kriegsmarine durchsucht.

Für Deutschland bestimmte Waren wurden beschlagnahmt.

Weil Deutschland bei Milchprodukten, Kunstdünger, Kraftfutter, Baumwolle und anderen Gütern auf Einfuhr angewiesen war, gab es im Reich bald einen Mangel an diesen Produkten.

Die Blockaden verursachten also erhebliche Lebensmittelknappheiten in Deutschland und führten zu einer Verschlechterung der Lebensbedingungen.

Dies führte immer mehr zu zunehmender Kriegsmüdigkeit und Unzufriedenheit in der deutschen Bevölkerung.

Die Blockade wurde nicht nur militärisch, sondern auch diplomatisch geführt.

Großbritannien nutzte sein wirtschaftliches und politisches Gewicht, um neutrale Länder wie die Niederlande, Dänemark und Schweden davon abzuhalten, Waren nach Deutschland zu liefern.

Dies führte zu Spannungen, insbesondere mit den USA, die anfangs ihre Neutralität bewahren wollten, aber durch die Blockade ebenfalls beeinträchtigt wurden.

Nur einmal, im Mai 1916, wagte die deutsche Marine einen Ausfall, doch die Schlacht am Skagerrak endete mit einem Patt.

Die britische Flotte war am Abend des 30. Mai 1916 und die deutsche am nächsten Morgen aus ihren Stützpunkten ausgelaufen.

Beide Flotten wollten unabhängig voneinander zur norwegischen Küste vorstoßen. So trafen sich beide Flotten am Nachmittag des 31. Mai 1916 in der Nordsee ungefähr 120 Kilometer westlich von der dänischen Halbinsel Jütland (dem heutigen Dänemark), im Gebiet des Skagerraks.

Die Schlacht begann, als ein Geschwader unter dem Kommando von Admiral von Hipper mit britischen Schlachtkreuzern unter Befehl Vizeadmiral David Beatty zusammentrafen.

Ziel der Deutschen war es, einen Teil der überlegenen britischen Flotte auszulöschen und damit die britische Seeblockade zu schwächen, die die deutschen Seestreitkräfte erheblich beeinträchtigte.

Die Schlacht wurde durch die Schlachtkreuzer eröffnet, dann folgte das Artillerieduell der Linienschiffe. Schließlich suchten, als die Tagesschlacht keine Entscheidung gebracht hatte, die Torpedoboote und Zerstörer durch nächtliche Angriffe dem Gegner entscheidende Verluste beizubringen.

Um 15.30 Uhr sichteten die Aufklärungskräfte beider Flotten einander und teilten sofort den unmittelbar hinter ihnen stehenden Schlachtkreuzern Distanz und Peilung zur Annäherung an den Gegner mit. Während die Hauptkräfte noch rund fünfzig Seemeilen entfernt waren, näherten sich die beiden Schlachtkreuzer schnell.

„Prinzeß Royal"   Zerstörer   „Tiger"   Zerstörer   Zerstörer

Bild I: Höhepunkt der Schlacht. Einschläge bei den englischen Schlachtkreuzern.

Das britische Geschwader bestand aus sechs Schlachtkreuzern. Während das Deutsche aus fünf bestand.

Als sich beide Geschwader sichteten, drehten die britischen Schlachtkreuzer mit Süd Kurs auf die deutschen Schiffe zu.

Die deutschen Schlachtkreuzer gingen auf Parallelkurs an die britischen Schiffe heran und eröffneten um 16.48 Uhr das Feuer.

Es war der Versuch die britischen Schlachtkreuzer und mit ihnen die britische Flotte auf die deutschen Hauptkräfte zu ziehen. Durch die Einführung des V. britischen Schlachtgeschwaders in den Kampf, das aus den vier neusten Schlachtschiffen der Queen-Elizabeth-Klasse bestand, kam es nicht zur Verwirklichung der deutschen Absicht.

Ein gegenseitiger Torpedoangriff zur Entlastung der eigenen Linien verlief auf beiden Seiten ergebnislos.

Um 17.30 Uhr sichteten die Engländer die deutschen Hauptkräfte. Sie versuchten nun auf Gegenkurs zu gehen, um die deutsche Flotte auf die britischen Hauptkräfte zu ziehen.

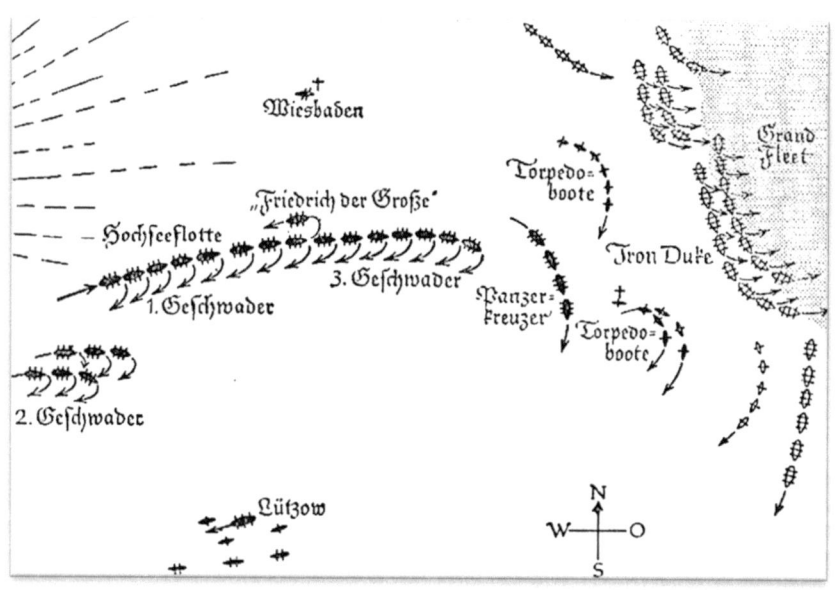

Bild 2: Die Seeschlacht vor dem Skagerrak (31. Mai 1916). Der letzte Kampfabschnitt der Tagesschlacht. Die englischen Schiffe waren im Abenddunst unsichtbar, die deutschen hoben sich gegen den hellen westlichen Abendhimmel scharf ab. Zweite Gefechtskehrtwendung der Hochseeflotte. Panzerkreuzer und Torpedoboote: „Ran an den Feind!" Die Engländer drehten vor den anlaufenden Torpedos ab, die Gefechtsverbindungen der beiden Flotten riss dadurch ab.

Den Schlachtkreuzern folgend, ging auch das V. britische Schlachtgeschwader auf Gegenkurs.

Um den errungenen Vorteil auszunutzen, folgten die deutschen Schiffe und setzten den Kampf fort, bis plötzlich, völlig überraschend im Osten, das britische Gros gemeldet wurde.

Ohne diese Meldung zu kontrollieren, lösten sich die deutschen Schlachtkreuzer aus dem Gefecht und setzten sich an die Spitze der inzwischen aufdampfenden eigenen Hauptkräfte.

Damit endete das Eröffnungsgefecht der Schlachtkreuzer.

Die britische Flotte verlor in diesem Gefecht zwei Schlachtkreuzer, während der deutsche Verband keinen Totalverlust hatte.

Bild 3: Der britische Schlachtkreuzer *„Queen Mary"* flog in der Skagerrakschlacht am 31.05.1916 um 16.23 Uhr in die Luft.

Die von den deutschen Kreuzern gemeldete Spitze des britischen Gros waren in Wirklichkeit drei britische Schlachtkreuzer, die durch einen Navigationsfehler zu weit östlich standen. Diesen Fehler bezahlten sie mit dem Verlust eines Großkampfschiffes.

Die Spitze des deutschen Gros griff die drei Schlachtschiffe an und versenkte eins.

Die britischen Hauptkräfte erschienen erst kurz vor 19.00 Uhr auf dem Schlachtfeld.

Hatten die deutschen Schiffe bis dahin eine überlegene Feuerkraft bewiesen, so zeigte die britischen jetzt das bessere Manöver.

Als der britische Flottenchef, die notwendige Übersicht erlangt hatte, drehte er, gut vor sich, der deutschen Linie stehend, zum Passiergefecht auf Nordostkurs, gleichzeitig seine vierundzwanzig Schlachtschiffe zur Kiellinie ordnend. Den Abschluss der Linie bildete das bereits am Schlachtkreuzer Gefecht beteiligte V. Geschwader mit den vier Schlachtschiffen der Queen-Elizabeth-Klasse.

Bild 4: Die brennende „Seydlitz" nach dem Gefecht an der Doggerbank am 24. Januar 1915.

Die Schlachtkreuzer, die sich von den Deutschen gelöst hatten, fuhren an der sich bildenden Linie der Schlachtschiffe vorbei und setzten sich an deren Spitze.

Schon um 19.15 Uhr war die Spitze der deutschen Linie umfasst.

Die britische Flotte hatte fast klassisch den *„Querstrich über das T"* gezogen und beschoss in einer taktisch außerordentlich günstigen Schlachtordnung mit ihrer gesamten Feuerkraft rund zehn deutsche Schiffe an der Spitze der Kiellinie.

Um der sich anbahnenden Katastrophe für seine Schiffe, die im Feuer von über dreihundert schweren Geschützen lagen, zu entgehen, befahl der deutsche Flottenchef, um 19.33 Uhr eine *„Kehrtwendung zugleich"* für seine ganze Linie.

Dieses Manöver wurde unterstützt durch einen Angriff aller vorhandenen deutschen Torpedoboote auf die gegnerische Linie, der die britischen Schiffe in Unruhe versetzte, sowie durch das gleichzeitige Legen von Nebelwänden.

<u>Bild 5</u>: Die Seeschlacht vor dem Skagerrak. Der englische Schlachtkreuzer *„Invincible"*, der in ungeheurer Explosion mit seiner Besatzung von über 1.000 Mann in die Luft flog.

Da der britische Flottenchef zögerte, den deutschen Schiffen zu folgen, hatte dieses exakt ausgeführte schwierige Manöver der deutschen Linie Erfolg.

Die Gefechtsfühlung ging verloren.

Diese erste Gefechtskehrtwendung war damit ein voller taktischer Erfolg der deutschen Linie.

Doch statt den Kampf in einer günstigeren taktische Lage wiederaufzunehmen, kam der Befehl um 19.50 Uhr zu einer erneuten Kehrtwendung der deutschen Schiffe.

Die deutschen Schiffe zogen sich damit freiwillig zurück in die britische Umklammerung, ohne dass der Gegner überhaupt ein Manöver einleiten musste. Sie gerieten dabei in das konzentrierte Feuer der gesamten britischen Flotte.

Das einzige Ergebnis dieses Manöver war, dass um 20.27 Uhr die deutsche Linie erneut eine Kehrtwendung machte, um der Feuerhölle der britischen Linie zu entrinnen.

Bild 6: Deutsches Kriegsschiff des Ersten Weltkrieges.

Waren beim ersten Mal nur die Torpedoboote zur Deckung dieses Manövers vorgeschickt worden, so mussten jetzt zusammen mit den Torpedobooten die Schlachtkreuzer bis auf die für sie tödliche Entfernung von nur sechs Kilometern an die britische Linie heran.

Die britischen Schiffe hatten den besonderen Befehl erhalten, vor den anlaufenden Torpedos der Torpedoboote abzudrehen, damit ging die Gechtsfühlung mit den deutschen Schiffen schnell verloren und auch der taktische Vorteil der britischen Aufstellung.

Die Lösung vom Gegner war gelungen.

Beim Nachtmarsch beider Flotten kreuzten sich die Kurse beider Verbände.

Dabei mussten die deutschen Schiffe zahlreiche Torpedoangriffe britischer Zerstörer abwehren.

Bild 7: Schlachtkreuzer „Seydlitz"im Wilhelmshavener Dock nach der Skagerrakschlacht. Das Vorschiff des schwerbeschädigten Schlachtkreuzers war unter Wasser, sodass das Schiff zwei Tage lang über den Achtersteven (also rückwärts) fahren musste, bis es in den Hafen einlaufen konnte.

Während die deutschen Torpedoboote mit ihren Angriffen ins Leere stießen.

Dadurch hatte die deutsche Flotte im Unterschied zur Tageschlacht in der Nacht größere Verluste als die britische.

Am nächsten Tag strebte weder die britische noch die deutsche Seite nach der Fortsetzung der Schlacht.

Beide Flottenchefs entschlossen sich zur Rückkehr in die Stützpunkte, jeder davon überzeugt, einen Sieg über den Gegner errungen zu haben.

Die Skagerrakschlacht endete am 01. Juni 1916.

Die britische Flotte war zwar zahlenmäßig überlegen gewesen, aber die Deutschen zeigten eine überlegene Taktik und Disziplin in der Nahkampfphase.

Die deutschen Schlachtkreuzer erhielten teilweise zwanzig Artillerietreffer und blieben im Gefecht, während die drei vernichteten britischen Schlachtkreuzer bereits mit fünf Volltreffern versenkt wurden.

Britische Verluste: 3 Linienschiffe, 3 Schlachtkreuzer, 8 Zerstörer mit einer Gesamttonnage von 115.025 Tonnen sowie 6.004 Gefallene und 177 Gefangene.

Deutsche Verluste: 1 Linienschiff, 1 Schlachtkreuzer, 4 Kreuzer und 5 Torpedoboote mit einer Gesamttonnage von 61.180 Tonnen sowie 2.551 Gefallene.

Taktisch gesehen behaupteten beide Seiten, die Schlacht gewonnen zu haben.

Die Briten hatten die strategische Oberhand, weil die deutsche Flotte sich zurückzog und die britische Blockade weiter bestand.

Die Deutschen hingegen feierten einen taktischen Erfolg, da sie in der Schlacht weniger Verluste erlitten hatten, und einigen ihrer Schlachtkreuzer gelang es, schwerbeschädigte britische Schiffe zu versenken.

Am Vormittag, des 01. Juni lief die deutsche Flotte in der Jade-Mündung ein, um im Heimathafen Wilhelmshaven die Schäden auszubessern.

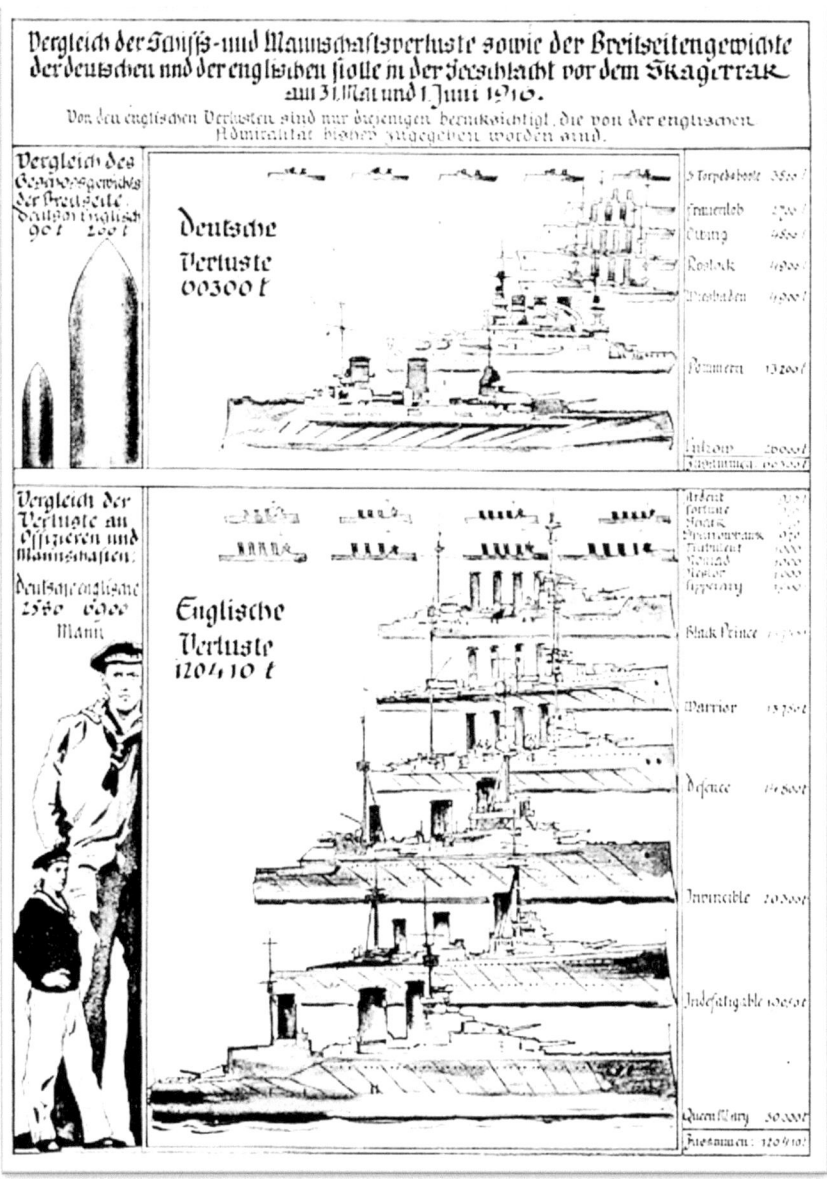

Bild 8: Diese deutsche Propagandapostkarte feierte den „Sieg" in der Skagerrakschlacht.

Eine Gruppe kleiner Kreuzer bezog sofort auf Schilligreede Vorposten, während das Gros der Flotte jadeaufwärts dem Heimathafen zu strebte.

Die Toten und Verwundeten befanden sich an Bord eines Lazarettschiffes.

Jedes Schiff der Vorpostengruppe besserte notdürftig die Beschädigungen aus, und schon begann wieder der regelmäßige Dienst sein Recht zu fordern.

Zuerst kamen einige Gruppen Torpedoboote herein.

Dann folgte als einer der ersten Schlachtkreuzer die „Moltke".

Das Schiff lag sehr tief im Wasser, es hatte etwa 1.000 Tonnen Wasser im Schiff, das durch Einschläge unterhalb der Wasserlinie eingebrochen war.

Von den Linienschiffen kamen dann langsam und schwerfällig der „König" und der „Große Kurfürst" herein, beide lagen mit dem Bug sehr tief im Wasser.

An den weiteren Linienschiffen waren Beschädigungen kaum zu erkennen; einige Kreuzer waren etwas mehr zerzaust.

Im Großen und Ganzen machte die deutsche Flotte aber keineswegs den Eindruck, als ob sie gerade aus der größten aller Seeschlachten gekommen sei.

Dann nach einer längeren Pause und langsam wie ein alter, wundbedeckter Krieger kam der Schlachtkreuzer „Derfflinger", heran.

Der war übel zugerichtet.

Es fehlten aber noch einige deutsche Schiffe.

Stundenspäter nahte in weiter Ferne ein Schiffszug, erst kaum erkennbar; dann aber war deutlich auszumachen ein kleiner Kreuzer, der ein großes Schiff, kaum wiedererkennbaren Schlachtkreuzer, langsam, aber sicher jadeaufwärts schleppte.

Das war die „Seydlitz", die im Gefecht stets vorne stand und die, die meisten und schwersten Treffer der Schlacht erhalten hatte.

Der Schleppzug konnte seine Fahrt bald nicht mehr fortsetzen, der weitwunde und tief liegende Schlachtkreuzer kam bald auf Grund und konnte erst bei der nächsten Flut weiter geschleppt werden.

Aber auch dieses Schiff, so zerzaust es auch zunächst aussah, konnte nach etwa fünf bis sechs Monaten Reparatur wieder als vollständiges Schlachtschiff eingesetzt werden.

Verschiedene kleine Kreuzer und Torpedoboote liefen mit beinahe doppelter Besatzung ein.

Sie hatten die Besatzungen der gesunkenen deutschen Torpedoboote und einiger Kleiner Kreuzer im Laufe der Nacht aufgenommen, sodass der Mannschaftsverlust auf der deutschen Seite tatsächlich verhältnismäßig gering bleiben konnte.

Obwohl die Skagerrakschlacht strategisch keinen entscheidenden Sieg für eine der beiden Seiten brachte, hatte sie wichtige strategische Auswirkungen.

Die britische Marine behielt die Kontrolle über die Nordsee und damit über die Nachschubwege nach Großbritannien.

Das bedeutete aber auch, dass die englischen Schiffe weiterhin die Weltmeere beherrschten.

Die deutsche Hochseeflotte blieb zwar eine Bedrohung, war aber gezwungen, in ihren Häfen zu bleiben und vermehrt auf den U-Boot-Krieg zu setzen.

Die Kampfweise der neuen Seewaffe stand jedoch im Widerspruch zum internationalen Seerecht.

2. Eines Nachts erschienen einige deutsche Schlachtkreuzer in Begleitung von Torpedobootzerstörern und Minensuchern in dem Ostseegewässer vor Libau.

Während die Minensucher vorausfahren, um die zahlreich verankerten Minen unschädlich zu machen, dampften in einiger Entfernung die grauen Eisenkolosse hinterher.

Es war noch finstere Nacht und doppelt schwierig durch den starken Nebel, der jede Aussicht, selbst auf wenige Meter, behinderte.

Der Nebel, wäre er auch noch so dick, sollte kein Hindernis sein, um den Feind zu schlagen.

Die deutsche Infanterie stand zum Ausbooten bereit.

Gewehr bei Fuß.

An den schweren Geschützen harrten die Kanoniere auf den Befehl.

Alles war angriffs- und schussbereit, nur wusste niemand, wo der Feind stand, keiner kannte das Ziel der Geschosse.

Es mochte etwa drei Uhr morgens sein.

Bild 9: Deutsche Landungstruppen beim Einsatz gegen die Hafenstadt Libau (1917).

Ein schwacher rötlicher Schimmer erhellte am Horizont ein wenig den Himmel.

Der Nebel wallte nach wie vor über die dahin rauschenden Wellen der Wasseroberfläche.

Die Küste blieb unsichtbar, wie bisher.

Die Schlachtkreuzer schienen still zu stehen, wenigstens glitten sie, nur mit kam merklicher Kraft vorwärts.

Größere Torpedoboote kamen längsseits der Kreuzer und geschwind wurden die Infanteristen einer Kompanie, nach der anderen eingebootet.

Beladen stießen die schwarzen Torpedoboote ab und waren bald im alles verhüllenden Nebel verschwunden.

Scharfäugig blickten die Schiffsführer auf den Kommandobrücken nach dem nicht mehr fernen Gestade.

Nichts war zu erkennen!

Die Ostsee klatschte mit ihren grauen Wassern kräftig gegen die Schiffswände.

Ein Minensucher kehrte zurück und kam längsseits des Flaggschiffes.

Seine Meldung: *„Die sorgfältig abgesuchte Küste ist frei von Minen."*

Der rötliche Schimmer am Himmel war größer geworden.

Der glühende Sonnenball war höher gestiegen und seine ersten hellen Strahlen durchdrangen den Nebel.

Gespensterhaft tauchten jetzt aus dem grauen Nebelmeer, zunächst noch in verzerrten Linien, sonderbare Gebäude auf.

Es war die noch schlummernde Stadt Libau, die bald aus ihrem festen Schlaf erwachen sollte.

Da, wo die immer höher und höher kommende Sonne ihre leuchtenden Strahlenlinien hinsendete, verschwanden die geisterhaften Nebelschwaden.

Auf der sanften Dünung konnte man jetzt bereits eine Anzahl schaukelnder schwarzer Boote mit der Fahrtrichtung zur Küste erkennen.

Noch waren sie einige Hundert Meter vom weißschimmernden Strand entfernt.

Es hatte auch den Anschein, als ob sie keine Eile hatten. Sie warteten ungeduldig auf die krachenden Schüsse der deutschen Schiffsartillerie, ehe sie zum Sturmangriff vorgingen.

Öde und verlassen lag der Strand da.

Bild 10: Blick auf den Hafen von Libau (1914).

Zahlreiche elegante Villen, die sich vereinzelt hinter zahlreichen Bäumen versteckten schienen nicht bewohnt zu sein.

Aufragende Speicher am Hafen lagen stumm da.

Als die deutschen Kampfschiffe, der Küste folgten, nach rechts wendeten, standen sie vor den beiden Molen, die den Hafen von Libau einsäumten.

Nun umfasste das Auge des Betrachters das schöne landschaftliche Bild einer interessanten Stadt.

Die Türme der Kirchen, die mächtigen Schornsteine der zahlreichen Fabriken, die großen Häusermassen.

Große Kauffahrerschiffe lagen im Hafen vor Anker, zahlreiche Schleppkähne, schwer beladen, harrten der Löschung. Segelboote und kleine Nachen lagen in buntem, malerischen Durcheinander und ahnten nicht, dass der Feind bald seine gewichtige Stimme erheben werde.

Die ganze Stadt Libau sollte jetzt mit einem Schlag wach werden.

Schmetterndes Krachen!

Schon rauschte die erste Granate hinüber und traf die Docks.

Furchtbar war die Explosion.

Im Nu brannte alles lichterloh.

Riesige Flammenzungen, in dunklen wallenden Wolken schossen gen Himmel.

Eine zweite und dritte, fünfte und zehnte Granate folgte, man konnte sie nicht mehr zählen.

Endlich hatte die russische Artillerie ihre Stimme gefunden.

Der Nebel war verflogen.

Bild 11: Beschießung der russischen Hafenstadt Libau durch den kleinen Kreuzer SMS „Augsburg" am 02. August 1914.

Klar schien die Sonne und zeigte den aus tiefem Schlaf gerissenen Bewohnern der Stadt die vor dem Hafen kreuzenden deutschen Schlachtschiffe mit ihren drohenden Eisenrohren.

Die Schläfer waren erwacht und versuchten, sich zu wehren.

Doch alles war umsonst.

Unter dem schützenden Granatfeuer der deutschen Schiffsgeschütze war die Marineinfanterie inzwischen gelandet.

Mit lautem *„Marsch, marsch, Hurra!"* erstürmten sie die sich ihr entgegenstellenden Hindernisse und die ihrem Vormarsch entgegenstellenden Befestigungen.

Verstärkungen rückten an.

Als jetzt in die Stadt Brandgranaten einschlugen, breitete sich die Panik rasend schnell unter den Bewohnern aus.

Alles wandte fliehend der brennenden Stadt den Rücken zu.

In wilder Flucht machten sich die russischen Behörden davon.

In Gefangenschaft wurden die nicht geflohenen Truppen abgeführt. Mit ihnen wanderten eroberte Geschütze und Maschinengewehre.

Die Bevölkerung verhielt sich ruhig und ging ihren Geschäften nach.

Im Verlaufe der weiteren Gefechtshandlungen wurde die Stadt Windau an der Ostseeküste von den Deutschen besetzt.

Die Stadt Mitau fiel, mit ihrer zahlreichen deutschen Bevölkerung nicht lange darauf in die Hände der Deutschen.

Nun hielt Deutschland von der Ostseeküste in einer ungeheuren befestigten Linie russisches Land im Besitz.

3.

Im Jahre 1914 operierte das deutsche Ostasiengeschwader unter dem Kommando von Vizeadmiral Maximilian von Speer im Pazifik.

Die Briten waren entschlossen, dieses Geschwader zu neutralisieren, da es eine Bedrohung für ihre Schifffahrtsrouten darstellte.

Das britische Geschwader unter dem Kommando von Konteradmiral Sir Christopher Cradock erhielt den Befehl, das deutsche Geschwader zu suchen und zu vernichten.

Die britische Flotte, aus zwei gepanzerten Kreuzern, der HMS „gute Hoffnung" und der HMS „Monmouth", traf auf das deutsche Geschwader, das aus den Schlachtkreuzern SMS „Scharnhorst" und SMS „Gneisenau" sowie leichten Kreuzern bestand.

Die deutschen Schiffe waren modern und besser bewaffnet als die britischen Einheiten.

Die Schlacht bei Coronel erfolgte um 19.00 Uhr bei schwierigem Wetter.

Dank der besseren Reichweite und der Feuerkraft der deutschen Geschütze erreichten die Granaten die Briten auf einer größeren Entfernung.

Die HMS „gute Hoffnung" und die HMS „Monmouth" wurden schwer beschädigt und versanken in den Fluten.

Alle 1.600 Besatzungsmitglieder, darunter Admiral Cradock kamen ums Leben.

Die Schlacht bei Coronel war eine Niederlage für die englische Marine und eine der wenigen Gelegenheiten einer deutschen Flotte, den Sieg davon zu tragen.

Nach dem errungenen Sieg suchte das deutsche Ostasiengeschwader nach weiteren Angriffszielen.

Strahlend erhob sich die Morgensonne aus den kühlen Fluten des Süd-Atlantiks.

Das Meer war ruhig und still, scheinbar ohne jede Bewegung.

In der Ferne tauchten im Süden mehrere Schiffe auf, die in nördliche Richtung ihres Weges dahinzogen.

Es waren Kriegsschiffe; sie zogen in einer gewissen Ordnung dahin.

Auf ihren Weg lagen die Malwinen, die durch England den Argentiniern abgenommen und Falklandinseln benannt wurden.

Es war deswegen anzunehmen, dass es englische Kriegsschiffe waren.

Aber halt, was war das?

Flatterten da nicht im Morgenwind auf jedem der fünf Schiffe die deutsche Flagge?

Genau!

Deutsche Flaggen und ein deutsches Geschwader waren es.

Es waren die Kreuzer „*Gneisenau*", „*Scharnhorst*", „*Leipzig*", „*Nürnberg*" und „*Dresden*".

Doch woher kamen die deutschen Schiffe, und wohin wollten sie?

Bild 12: Das kaiserliche Ostasiengeschwader im Hafen von Valparaiso im November 1914, im Vordergrund chilenische Schiffe.

Fern aus den Gewässern Ostasiens, daher kamen sie.

Im August 1914, kurz nach dem Ausbruch des Krieges, vereinigte Admiral von Spee die fünf Schiffe seines Kreuzer-Geschwaders und nahm Kurs nach Osten.

Lang und beschwerlich war die Reise durch die unendlich erscheinende Wasserwüste des Pazifischen Ozeans.

Alle atmeten erfreut auf, als die Küste Chiles am Horizont auftauchte.

Die Freude sollte aber nicht allzu lange dauern. Es zeigte sich bald das bereits neue Schwierigkeiten und neue Gefahren auf die Besatzungen der deutschen Kreuzer lauerten.

Am 08. Dezember 1914 näherten sich von Spees Schiffe den Falklandinseln, ohne zu wissen, dass inzwischen ein starkes britisches Geschwader unter Vizeadmiral Doveton Sturdee dort stationiert war, das eigens dazu entsandt wurde, um die Deutschen aufzuspüren.

Die englischen Kriegsschiffe waren auf der Suche nach den deutschen Schiffen, um sie zu vernichten. So trafen am 01. November nicht weit von Coronel die feindlichen Schiffe nahe der chilenischen Küste aufeinander.

Es war schon spät am Nachmittag.

Ein kurzer Sturm wütete und wühlte das Meer auf. Hohe Wellenberge warfen Schiff und Besatzung hin und her.

Das war das rechte Wetter für die Nordseejungens!

Die Briten hatten eine überlegene Feuerkraft und die Schlachtkreuzer HMS „*Invincible*" und HMS „*Inflexible*", die sehr schnell waren.

Graf Spee zwang das deutsche Geschwader trotz tosenden Sturmes und stürmischen Wellenganges, zu Kampf.

Die drei größten englischen Schiffe, die am Gefecht teilnahmen, gingen schon nach kurzem Kampf mit Mann und Maus unter, die anderen entflohen im Dunkel der hereinbrechenden Nacht.

Und das deutsche Geschwader?

Es ging bald darauf im Hafen von Valparaiso vor Anker.

Nicht eines der Schiffe hatte einen Schaden erlitten.

Nur zu bald mussten die deutschen Schiffe den gastlichen Hafen wieder verlassen.

Der anliegende Kurs führte sie an der Küste entlang nach Süden, um auf dem Wege Magelhaens den Atlantik zu erreichen.

In den Morgenstunden des 08. Dezembers erreichte das Kreuzergeschwader die Nähe der Malwinen.

Der Weg in die Heimat wurde ihnen durch die englischen Schiffe überall versperrt.

Ein Durchkommen war unmöglich.

Es galt also zu kämpfen bis zum letzten Schuß und bis zum sicheren Untergang; denn eine Übergabe von Schiffen und Mannschaften an den Feind konnte es nicht geben.

Bild 13: Die „Dresden" in Valparaiso, Chile, 13. November 1914.

Als Kundschafter fuhren zwei der kleinen Kreuzer voraus.

Am Horizont tauchten vor den Schiffen verschwommene Höhenzüge auf, die im Verlaufe der Stunden, beim Näherkommen sich immer deutlicher zu erkennen gaben.

Es waren die Malwinen, die Höhle des englischen Löwen im Süd-Atlantik.

Da zeigten sich seitwärts der Inselgruppe sechs englische Panzerkreuzer von der Größe der „Scharnhorst".

Admiral Graf Spee gab den Befehl zum Angriff.

Mit Volldampf ging es nun den Feind entgegen.

Da kamen plötzlich hinter der nächsten Landspitze noch mehr feindliche Schiffe hervor.

Zwei der allergrößten Kampfschiffe waren es.

Gegen die waren die deutschen Panzerkreuzer wie Zwerge.

An einen Sieg war nun nicht mehr zu denken.

Admiral Graf Spee wollte nun die drei kleineren deutschen Kreuzer retten und befahl ihnen, nach verschiedenen Richtungen so schnell wie möglich den Kampfplatz zu verlassen.

Der Admiral selbst eilte aber mit der „Scharnhorst" und „Gneisenau" mit voller Maschinenkraft den beiden Riesen entgegen.

Dann folgte Blitz auf Blitz und Schlag auf Schlag aus allen Rohren.

Bild 14: Das Schlachtschiff „Gneisenau" der Kriegsmarine des Deutschen Reiches.

Die „Scharnhorst" war ein großer Kreuzer der deutschen kaiserlichen Marine und Typschiff der nach ihr benannten Scharnhorst Klasse. Sie war ab dem 29. April 1909 das Flaggschiff des deutschen Kreuzergeschwaders von Ostasien. Die Namensgebung erfolgte nach dem preußischen General Gerhard von Scharnhorst.

Die erste Salve der „*Scharnhorst*" war ein Volltreffer.

Einem der Riesenkreuzer fegte es den Panzerturm über Bord.

Alles, was sich in seinem Inneren befand, wurde vernichtet.

Aber was halfen alle guten Treffer der deutschen Kreuzer gegen die stählerne Panzerung des Rumpfes dieser Großkampfschiffe. Sie war zu dick für die kleinen Granaten, der deutschen Kreuzer.

Ein Hindurchdringen war unmöglich.

Nun pfiffen von allen Seiten große und kleine Geschosse auf die angreifenden deutschen Kreuzer herab.

Rauch und Wassersäulen hüllten diese vollständig ein.

Brennend, den verhältnismäßig dünnen Panzer an vielen Stellen durchlöchernd und Tod und Verderben auf Deck und im Schiff, wurde weiter gekämpft.

Stundenlang dauerte schon der ungleiche Kampf.

Noch immer brüllten die Kanonen.

Es wollte der englischen Übermacht trotz aller Anstrengungen nicht gelingen, der kleineren deutschen Kreuzer Herr zu werden.

Da schwiegen plötzlich die Geschütze auf der „*Scharnhorst*" und der „*Gneisenau*".

Was war da los?

Es fehlte an der notwendigen Munition, um in einem Kampf bestehen zu können.

Die letzte Granate war verfeuert.

Völlig wehrlos standen die Schiffe jetzt dem Feind gegenüber.

Näher und näher kamen die feindlichen Kreuzer und überhäuften die deutschen Schiffe auf kurze Distanz mit einem Hagel von Geschossen.

Krachend schlugen diese explodierend ein.

Die Schiffe begannen bereits nach kurzer Zeit zu sinken und hinterließen einen gurgelnden kreisrunden Trichter in der Meeresoberfläche.

Das Wrack der „*Scharnhorst*" wurde 2019 ca. 98 Seemeilen südöstlich von Stanley in einer Tiefe von 1.610 Metern, durch die Falklands maritime Trust entdeckt.

Nach mehr als fünfstündigen Kampf hatten sich die noch Lebenden an Deck versammelt und gingen mit ihrem Schiff unter.

Die drei kleineren Kreuzer hatten dem Befehl des Admirals gehorcht und den Kampfplatz verlassen.

Die schnellen Kreuzer des Feindes hatten sofort mit der Verfolgung begonnen.

Bild 15: Die Panzerkreuzer „*Scharnhorst*"(im Vordergrund) und „*Gneisenau*"im Hafen von Valparaiso nach der Seeschlacht von Coronel.

Nur der schnellen „*Dresden*" gelang es, im Dunkel der Nacht zu entkommen.

Aber schon nach einigen Wochen erfüllte sich auch ihr Geschick.

Die Kreuzer „*Leipzig*" und „*Nürnberg*" waren langsamer.

Die beiden Schiffe konnten sich nicht dem Kampf entziehen.

Fortwährend feuernd und lichterloh brennend verschwanden sie langsam in den Wellen des Ozeans.

Der Kanonendonner verstummte.

Mit dem Untergang der *SMS „Nürnberg"* am 08. Dezember 1914 fielen 327 Offiziere und Mannschaften (etwa 2.200 deutsche Seeleute), darunter der Sohn des Admirals Maximilian von Spee, Otto von Spee zum Opfer.

Lediglich zwölf Männer wurden von den Briten aufgefischt, von denen fünf nach Ihrer Rettung starben.

Die Schlacht war ein vernichtender Sieg der Briten. Die britischen Schiffe zerstörten fast das gesamte deutsche Geschwader.

Sie selbst verloren nur zehn Mann.

Der Sieg stellte die britische Vorherrschaft auf den Weltmeeren sicher und es bedeutet das Ende des deutschen Ostasiengeschwaders.

Nachdem die Schlacht bei Coronel die Bedeutung moderner Technik und Ausbildung in der Kriegsführung zur See verdeutlicht hatte und zeigte, wie stark die Royal Navy zu Beginn des Krieges gefordert wurde, markierte die Schlacht bei den Falklandinseln einen wichtigen Moment im Seekrieg, da sie die deutsche Präsenz im Südatlantik eliminierte und die britische Seeherrschaft festigte.

4. • Die Versenkung der RMS „*Lusitania*" durch ein deutsches U-Boot am 07. Mai 1915 war eines der bedeutendsten Ereignisse des Ersten Weltkrieges und hatte weitreichende diplomatische und politische Folgen, insbesondere für das Verhältnis zwischen dem deutschen Kaiserreich und den Vereinigten Staaten.

Die RMS „*Lusitania*" war ein britischer Luxusliner der Cunard Linie. Mit einer Länge von 236 Meter, einer Breite von 26,8 Meter, einen Tiefgang von 11 Metern, mit einer Geschwindigkeit von 25 Knoten und einem Gewicht von 30.400 Bruttoregistertonnen, war es eines der größten und schnellsten Schiffe ihrer Zeit und galt als technologisches Meisterwerk.

Ab 1907 als Passagierschiff auf der Linie Liverpool - New York eingesetzt, erwarb es sich rasch den Ruf des schnellsten Atlantik-Überquerers.

Die *„Lusitania"* schaffte die Überfahrt in viereinhalb Tagen und entriss damit den Deutschen das *„Blaue Band",* die Trophäe für die schnellste Europa-Amerika-Fahrt.

Ab 17. September 1914 - der Krieg tobte bereits - gehörte die *„Lusitania"* als Hilfskreuzer zur britischen Kriegsflotte.

Vorher war sie in einem Trockendock von Liverpool, vollends für den Krieg umgerüstet wurden. Schutz- und Oberdecks erhielten Panzerplatten, Pulvermagazine und Halterungen für Granaten wurden eingebaut, zum Schluss montierte man zwölf 15-Zentimeter-Schnellfeuergeschütze an Bord, die nach außen sorgfältig verdeckt waren.

Eine Woche später erfuhr der Kapitän der *„Lusitania"* von der Admiralität, sein Schiff habe die Aufgabe, in einem Schnelldienst zwischen New York und Liverpool Kriegsmaterial aus den USA nach England zu bringen; den jeweiligen Kurs werde die Admiralität festlegen, ein Sonderstab in New York schaffe die Munition heran. Um den deutschen Gegner - so besagten die Befehle ferner - zu täuschen, werde das Schiff weiterhin Passagiere befördern und unter amerikanischer Flagge fahren.

Versuchte aber ein deutsches U-Boot die *„Lusitania"* zu stoppen und zu durchsuchen, so habe der Kapitän unverzüglich das Feuer auf den Gegner zu eröffnen; wer sein Schiff dem Feind überlasse, müsse mit unnachsichtigen Bestrafungen rechnen.

Die *„Lusitania"* dampfte gen Westen ins große Kriegsabenteuer.

Mit vielen Tricks wurde der US-Zoll unterlaufen und die *„Lusitania"* konnte manche Munitionsladung nach England transportieren.

Von Monat zu Monat wurde das Schiff zu einem immer wichtigeren Faktor des britischen Militärnachschubs.

Da trat ein, was die Briten schon lange befürchtet hatten: *Der deutsche Admiralsstab ging zum U-Boot-Krieg gegen England über.*

Im Februar 1915 erklärte die deutsche Regierung alle Gewässer um Großbritannien zum Kriegsgebiet, in dem jedes feindliche Schiff ohne Warnung vernichtet werde.

Am 25. April 1915 wurde auf einer Besprechung des deutschen Flottenkommandos ein soeben eingelaufenes Telegramm des Flottenstabes behandelt.

Darin lautete es, dass *„große englische Truppentransporte in Frankreich erwartet wurden, ausgehend von Liverpool, Bristol Dartmouth.“*

Zur Schädigung dieser Transporte sollten möglichst bald U-Boote eingesetzt werden.

Für den Auftrag wurden *„U-30“*, *„U-20“* und *„U-27“* vorgesehen.

„U-30“ befand sich bereits in See und erhielt funktelegrafisch Befehl, nach Dartmouth zu gehen.

„U-27“ wurde für den Bristolkanal und *„U-20“* für die Irische See bestimmt.

Der Befehl lautete in einzelnen weiter: *„Stationen auf schnellstem Wege, um Schottland aufzusuchen, besetzt zu halten, solange es die Vorräte gestatteten. Die Boote sollten angreifen Transportschiffe, Handelsschiffe, Kriegsschiffe.“*

Die Erwähnung der Handelsschiffe in diesem Befehl bedeutete nur ein Hinweis darauf, dass durch den Sonderauftrag gegen die Transporter der allgemeine Befehl zur Handelskriegsführung nicht aufgehoben war.

Die britische Admiralität sah keinen Anlass, die Fahrten der *„Lusitania“* zu stoppen.

Mitte April 1915 dirigierte sie den getarnten Hilfskreuzer erneut nach New York.

Am Pier 54 lud die „Lusitania" mehr Kriegsmaterial und begrüßte mehr Passagiere als auf den Reisen zuvor.

Der Ladeliste der „Lusitania" war zu entnehmen, dass der Ozeanriese große Mengen Kriegsgüter geladen hatte:

- *1.248 Kästen mit 7,5-Zentimeter-Granaten,*
- *4.927 Kisten mit Gewehrpatronen,*
- *2.000 Kisten mit weiterer Munition für Handfeuerwaffen.*

Quelle: deutsche-schutzgebiete.de.

Am 1. Mai 1915 verließ die „Lusitania" New York mit dem Ziel Liverpool.

Vor dem Auslaufen der „Lusitania" hatte die deutsche Botschaft in den USA eine Warnung in 50 US-Zeitungen veröffentlicht, das britische Schiffe in den Kriegsgebieten im Atlantik gefährdet seien, einschließlich solcher, die unter britischer Flagge fuhren.

Dennoch setzte die „Lusitania" ihre Fahrt fort.

Die Anzeigen in den Zeitungen alarmierte den britischen Marine-Geheimdienst; er befürchtete einen Zusammenhang zwischen Anzeige und der Abreise der „Lusitania". Er wies alle Marinestellen an, nach deutschen U-Booten im Westen und Süden Englands Ausschau zu halten.

„U-20" lief unter dem Kommando des Kapitänleutnants Schwieger am 30. April 1915 aus und befand sich am 05. Mai an der irischen Südküste und versenkte an diesem und dem folgenden Tage den Segler „Carl of Lathom" sowie die Dampfer „Centurion" und „Candidate".

Ein weiteres Vordringen in die Irische See nach Liverpool musste wegen Nebel aufgegeben werden.

Schwieger entschloss sich deshalb, südlich vom Eingang des Bristolkanals zu bleiben, hier Schiffe anzugreifen, bis der Brennstoffverbrauch ihn zur Rückkehr zwang.

Da aber auch hier Nebel herrschte, wollte er dieses Gebiet ganz verlassen und nach der Nordküste Irlands gehen.

So war *„U-30"* am 07. Mai vormittags auf dem Marsch nach Westen auf die Südwestspitze Irlands zu.

Bald wusste auch der britische Gegenspieler, dass der deutsche Admiralsstab drei U-Boote in Marsch gesetzt hatte und wo die U-Boote lauerten.

Bereits am 05. Mai war klar, dass *„U-20"* nordwestlich des unweit des Fastnet-Felsens operierte. Es war die Stelle, an der die *„Lusitania"*, den Kreuzer *„Juno"* treffen sollte. Der dann die restliche Fahrt der *„Lusitania"* nach Liverpool begleiten musste.

Der Kreuzer *„Juno"* erhielt jedoch von der Admiralität am Nachmittag des 05. Mai den Befehl, ihre Fahrt abzubrechen und nach Queenstown zurückzukehren.

Der Befehl hatte fatale Konsequenzen.

Ohne über die Änderung informiert zu sein, steuerte die *„Lusitania"* schutzlos dem *„U-20"* entgegen.

Erst als die britischen Schiffe, Torpedos des *„U-20"* zum Opfer fielen, versuchte die Marinestelle Queenstown die *„Lusitania"* zu warnen.

„U-Boote aktiv an der Südküste Irlands!"

Doch Kapitän Turner hielt sich stur an die Weisung, die ihm verbot, seinen Kurs ohne Genehmigung der Admiralität zu ändern.

Die Admiralität reagierte kaum.

Als den Kapitän aber schließlich doch am Mittag des 07. Mai 1915 der Befehl der Admiralität erreichte, neuen Kurs auf Queenstown zu nehmen, führte dies die *„Lusitania"* geradewegs in die Schusslinie des *„U-20"*.

Gegen 14.20 Uhr sichtete das Deutsche *„U-20"* den englischen Riesendampfer *„Lusitania"* etwa 18 Kilometer vor der irischen Küste.

Das 239 m lange Schiff war zu seiner 101. Atlantiküberquerung unterwegs.

Bild 16: Die RMS *Lusitania* in all ihrer Pracht, bevor sie tragischerweise im Jahr 1915 versenkt wurde. Das Bild symbolisierte die Ruhe vor dem Sturm, der zu ihrer dramatischen Zerstörung führte.

Obgleich es ein Passagierdampfer war, befanden sich neben den 1.258 Passagieren und 701 Besatzungsmitgliedern auch noch viele

Kanonen, Granaten und außerdem über viertausend Kisten mit Gewehrpatronen und auch sonst noch viele Waffen für das britische Empire an Bord.

„U-20" war auf Patrouille in den Gewässern um die Britischen Inseln, die damals als Kriegsgebiet deklariert waren.

Kapitänleutnant Walther Schwieger, der Kommandant von „U-20" sichtete den Luxusliner „Lusitania" gegen Mittag in seinem ausgefahrenen Periskop, als das große Passagierschiff unbewaffnet und ohne militärischen Geleitschutz vor der irischen Küste in sein Sichtfeld kam.

Rechts voraus wurden vier Schornsteine und zwei Masten eines Dampfers mit Kurs direkt auf das U-Boot sichtbar.

Das Schiff wurde als großer Passagierdampfer ausgemacht.

Um 14.25 Uhr tauchte das U-Boot auf elf Meter Tiefe und lief mit hoher Fahrt auf konvergierenden Kurs auf den Dampfer hinzu, in der Hoffnung, dass der Kurs nach Steuerbord längs der irischen Küsten, sich ändern würde.

Der U-Boot-Kapitän zweifelte noch daran, ob er das schnelle, aus Südsüdwesten kommende Schiff stellen konnte.

Er beobachtete den Dampfer eine Weile.

Da drehte plötzlich die „Lusitania" nach Steuerbord, um Kurs auf die irische Küste zu nehmen.

Das U-Boot war bis 15.00 Uhr mit hoher Fahrt unter Wasser gelaufen, um die richtige Schuss Position zu erreichen.

Endlich um 15.10 Uhr befand sich der Dampfer vollends in Schwiegers Schusslinie.

Da gab er schließlich den Befehl zum Feuern.

Ein reiner Bugschuss, auf 700 m (G-Torpedo, 3 m Tiefenstellung), Schneidungswinkel 90 Grad, geschätzte Fahrt 22 sm.

Ein Stahlgeschoß schwirrte davon.

„Da ist ein Torpedo!", schrie ein Offizier auf der „Lusitania".

Die Warnung kam zu spät.

Der Torpedo traf das Schiff an der Steuerbordseite dicht hinter der Kommandobrücke.

Viele der Passagiere aßen gerade zu Mittag und lauschten dem Bordorchester, als der Torpedo in der Höhe des vorderen Maschinenraumes unterhalb der Wasserlinie einschlug.

Bild 17: Der Torpedotreffer auf die „Lusitania".

Der Torpedotreffer führte zu einer außergewöhnlichen großen Detonation mit einer sehr starken Sprengwolke (weit über den vorderen Schornstein hinaus).

Es musste zur Explosion des Torpedos noch eine zweite hinzugekommen sein (Kessel oder Kohle oder Pulver), die sofort schweren Schaden anrichtete.

Zeitzeugen berichteten von einer massiven Detonation, die wahrscheinlich durch die Munition oder anderen militärischen Güter im Frachtraum verstärkt wurde.

Die Aufbauten über der Stelle, wo der Torpedo den Dampfer getroffen hatte, wurden auseinandergerissen.

Es entstand Feuer.

Dichter Qualm hüllte die große Brücke ein.

Unmittelbar nach der ersten Explosion ereignete sich eine weitere, stärkere Detonation im Inneren des Schiffes, die den Untergang beschleunigte. Einige Theorien gehen davon aus, dass diese durch Kohlenstaub im Kesselraum oder durch das Zerbersten der Dampfkessel verursacht wurde.

Das Schiff stoppte sofort, bekam sehr schnell große Schlagseite nach Steuerbord und begann gleichzeitig vorne tiefer zu tauchen.

Es hatte den Anschein, als wollte es in kurzer Zeit kentern.

Hunderte von Menschen stürzten durcheinander.

Das Schiff neigte sich immer mehr zur Seite.

Die schnelle Neigung des Schiffes erschwerte die Evakuierung erheblich.

Viele Rettungsboote konnten nicht rechtzeitig zu Wasser gelassen werden. Besonders an der Backbordseite gelang es wenigen Booten aufgrund der Schräglage, die rettende Wasseroberfläche zu erreichen.

Das Schiff blies ab.

Vorn war der Name „Lusitania" in goldenen Buchstaben sichtbar.

Die Schornsteine waren schwarzgemalt.

Heckflagge nicht gesetzt.

Das Schiff lief 20 Seemeilen.

Um 15.25 Uhr hatte es den Anschein, als wenn der Dampfer sich nur noch kurze Zeit über Wasser halten könnte.

Sofort tauchte das U-Boot auf eine Tiefe von 24 Meter und entfernte sich in Richtung See.

Bild 18: Der Untergang der „Lusitania".

Auch hätte Kapitänleutnant Walther Schwieger einen zweiten Torpedo in dies Gedränge von sich rettenden Menschen schießen können.

Er unterließ dies.

An Deck herrschte das blanke Chaos und es dauerte gerade einmal 18 Minuten, bis die „Lusitania" sank und Hunderte mit sich in die Tiefe riss.

Weder die Waffen noch die Munition, die sich an Bord befanden, konnten jetzt an der Front eingesetzt werden.

Viele Zivilpersonen, die sich leichtfertig auf einem solch gefährlich ausgerüsteten Schiff in Kriegszeiten begaben, mussten mit dem schlimmsten rechnen.

Und das war der Tod.

Trotz der Versuche der Besatzung und Passagiere, das Schiff zu evakuieren kamen von den etwa 1.962 Menschen an Bord 1.198 ums Leben.

Darunter waren viele Zivilisten, Frauen und Kinder sowie 128 Amerikaner.

Unter den Opfern befand sich auch der 37-jährige US-Millionär Alfred Vanderbilt.

Andere Prominente wie der Opernstar Josephine Brandell, der New Yorker Theaterimpresario Charles Frohman oder die Frauenrechtlerin Lady Margaret Mackworth konnten sich auf eines der wenigen Rettungsboote flüchten.

Vieles ruht nun auf dem Grund der See.

Der Untergang der „Lusitania" löste mit ihrer Versenkung durch das U-Boot große Kontroversen aus, insbesondere weil die Deutschen das Schiff als legitimes Ziel ansahen, weil es Munition und andere Kriegsgüter transportierte.

Weder die Waffen noch die Munition konnten jetzt an der Front eingesetzt werden.

Im vorliegenden Fall hatte die „Lusitania" offenbar eine wichtige militärische Rolle gespielt.

Nach dem „Türmer" vom Mai 1923 hatte ein höherer englischer Offizier bekundet, Lord Kitchener sei bei der Nachricht vom Untergang der Lusitania außer sich gewesen und habe erklärt: *„Das wirft uns in unseren Maßnahmen um volle drei Monate zurück."*

In Wirklichkeit hatte an einen vorbedachten Plan gegen die „Lusitania" niemand gedacht.

Jeder U-Bootfahrer, im Ersten Weltkrieg wusste, wie sehr das Zusammentreffen des Langsamen und in seiner Seefähigkeit begrenzten U-Bootes mit einem bestimmten Schiff zum Zweck es getaucht anzugreifen, von Zufälligkeiten abhängig war, und würde über so einen Plan lachen.

Der ganze Unsinn der Behauptung zeigte sich auch darin, dass „U-20" am Tage vorher im selben Gebiet andere Dampfer versenkt hatte.

Ein U-Boot, das auf seine Anwesenheit aufmerksam machte,

wartete nicht auf ein besonderes Ziel, um dieses getaucht, d. h. unbemerkt, ahnungslos zu überfallen?

Ebenfalls wurde behauptet, das U-Boot habe nicht einen, sondern zwei Torpedos abgefeuert.

Die zahlreichen Ausguckposten auf der „Lusitania" hätten, bei dem klaren Wetter, die Blasenbahn eines zweiten Torpedos sehen müssen, der aus der gleichen Richtung, wie der erste gekommen wäre.

Dies war aber nicht der Fall.

Die Warnung des deutschen Admiralstabs vor Befahren des Kriegsgebietes, die der deutsche Botschafter in Washington in amerikanischen Zeitungen wiederholt hatte, wurden dem Publikum als Bluff lächerlich gemacht.

Man ließ auf der „Lusitania" 1.257 ahnungslose Passagiere (688 Männer, 440 Frauen, 129 Kinder) ins Kriegsgebiet fahren und gab demselben Schiff als Ladung mindestens 220 Zentner Pulver mit.

Die „Chicago Tribune" schrieb am 30. Oktober 1920:

> „Senator Le Follette hat die Wahrheit gesprochen, als er in St. Paul erklärte, die Lusitania habe Explosivstoffe für die Engländer an Bord gehabt. Herr Malone hat den Bericht über die Lusitania-Katastrophe geschrieben, den Präsident Wilson für seine zweite Lusitania-Note benutzte. Der Bericht zeigte, dass die Lusitania große Quantitäte x Munition für die englische Regierung an Bord hatte, und wies besonders auf eine Sendung von 4.200 Kisten Springfield-Metallpatronen hin, die insgesamt 11 Tonnen schwarzes Schießpulver enthielten".

Herr Malone war 1915 Zollinspektor der New Yorker Hafenbehörde, musste also die Ladung der „Lusitania" kennen.

Diese Munition wurde durch die Torpedoexplosion entzündet und hatte die gewaltige Explosion herbeigeführt, die ein so großes

Loch in die Bordwand gerissen hatte, dass das Riesenschiff trotz ruhiger See bereits kurzer Zeit nach der Torpedierung kenterte.

Die Versenkung der „*Lusitania*" wurde als Akt der Barbarei gegen Zivilisten und gegen die Regeln des Seekriegsrechtes gesehen.

Die Weltöffentlichkeit reagierte ähnlich geschockt wie beim Untergang der „*Titanic*" nur drei Jahre zuvor.

Die Versenkung war der Auslöser für eine schwere Krise zwischen den 1915 noch neutralen Vereinigten Staaten und dem deutschen Kaiserreich.

Präsident Woodrow Wilson und seine Regierung äußerten scharfen Protest gegen die Versenkung und forderte eine Entschädigung sowie die Einstellung der uneingeschränkten U-Boot-Kriegsführung.

Es kam zu einem intensiven diplomatischen Austausch zwischen den USA und Deutschland, wobei die USA Deutschland wiederholt warnte, keine weiteren Schiffe zu versenken, die US-Bürger gefährden könnten.

Aufgrund der internationalen Reaktion und insbesondere der diplomatischen Spannungen mit den USA sah sich Deutschland gezwungen, seine U-Boot-Kriegsführung zeitweise einzuschränken.

Im September 1915 gab die deutsche Regierung eine Anweisung heraus, dass Passagierschiffe nicht ohne Vorwarnung angegriffen werden dürften.

Dies war jedoch nur eine vorübergehende Maßnahme.

Weil, die USA immer wieder gegen die Kampfweise der deutschen U-Boote protestierte, legte die deutsche Seekriegsleitung bis Ende 1916 den eigenen Mannschaften wiederholt Beschränkungen auf und zogen sie zum Teil völlig aus dem Atlantik zurück.

Eines Kriegseintritts der USA wurde durch die deutsche Seite klar erkannt, doch man vertraute auf einen endgültigen Sieg über das britische Empire, noch bevor eine massive amerikanische Truppenpräsenz auf dem Kontinent eine Wendung herbei führen konnte.

Im Herbst 1916 wurde diese Frage in der deutschen Öffentlichkeit kontrovers diskutiert.

Die Marine und die oberste Heeresleitung setzten sich durch.

Am 09. Januar 1917 wurde der uneingeschränkte U-Boot-Krieg beschlossen.

Als Washington offiziell von diesem Schritt unterrichtet wurde, brach die USA sofort alle diplomatischen Verbindungen zu Berlin ab.

Obwohl die USA erst 1917 in den Krieg eintraten, trug das Ereignis maßgeblich dazu bei, die öffentliche Meinung in den USA gegen Deutschland zu wenden.

Zudem führte die zunehmende deutsche U-Boot-Kriegführung, die auch weiterhin neutrale Schiffe und US-Bürger gefährdete, schließlich zur Kriegserklärung der USA gegen das Deutsche Reich im April 1917.

Die Versenkung der „Lusitania" wurde oft als eine der Schlüsselfunktionen betrachtet, die zur Einmischung der USA in den Ersten Weltkrieg führten.

Die Versenkung wurde von den Alliierten intensiv als Propaganda genutzt, um Deutschland als brutalen Aggressor darzustellen und die Kriegsmoral in den eigenen Ländern zu stärken.

Plakate und Berichte über die Tragödie wurden weit verbreitet, um den Hass auf Deutschland zu schüren und die Rekrutierung zu fördern.

Es sollte noch einige Monate dauern, bis die amerikanische Rüstungsindustrie auf vollen Touren lief und erst am 28. Mai 1918 griff die erste US-Division in die Kämpfe ein.

Jahre später, und zwar am 15. August 1923 konnte man in der englischen Zeitschrift für Flugwesen „The Aeroplane" Folgendes lesen:

„Als die Lusitania torpediert wurde, erhob sich in der Presse ein furchtbares Geschrei über die „Gräueltat" der Hunnen. Die Deutschen waren aber vollständig im Recht, wenn sie sagten, dass es gegen internationales Recht verstoße,

Kriegsmaterial auf Passagierschiffen zu befördern. Sie haben nach vielen Warnungen an uns und an Amerika gedroht, die Lusitania zu versenken. Um Menschenverluste abzuwenden, haben die deutschen Agenten in Amerika die bedeutenderen New Yorker Zeitungen von dieser Absicht der deutschen Marineleitung unterrichtet; sie gingen so weit, dass die Leute, die für die Reise auf der Lusitania bereits Fahrscheine gelöst hatten, in persönlichen Briefen vor der Reise auf der Lusitania warnten. Die Deutschen haben wirklich alles getan, was vom menschlichen Standpunkte aus verlangt werden konnte, um zu vermeiden, dass das Leben von Zivilpersonen in Gefahr kam. Was tat die englische Marineleitung? Sie bluffte, wie ein Pokerspieler sagen würde, und ließ die Lusitania ohne jeden Schutz fahren; die Deutschen machten ihre Drohung war und versenkten sie. Die „Finlandia", die die Decks mit amerikanischen Flugzeugen beladen und die Laderäume mit Munition gefüllt, sechs oder zwölf Stunden vor der Lusitania fuhr, wurde in den irischen Kanal von sechs Zerstörern geleitet. Die Lusitania ließ man ungeschützt, und so wurde sie mit dem Verlust von Hunderten von Menschenleben torpediert. Wie jemand wegen der Versenkung der Lusitania irgendwie Groll hegen kann, geht über menschliches Verständnis. Aber jeder mit gesundem Menschenverstand sollte dauernd dem englischen Admiralsstab dafür grollen, dass er die Versenkung zuließ, ohne auch nur ein Seeflugzeug oder einen Ballon zur Verfügung zu stellen, die die Gewässer in der Fahrstraße hätten überwachen können."

In ähnlichem Sinne hatte sich auch der Nordamerikaner Marschall Kelly schon während des Krieges geäußert in einem Buch, mit dem Titel *„American Bias in the war"* (Amerikas Stellung im Kriege). Das Buch wurde von Dr. Schleicher übersetzt, unter dem Titel *„Amerika und der Weltkrieg"* erschien 1923 in Berlin.

5.

Die Schlacht auf der Doggerbank fand am 24. Januar 1915 in der Nordsee statt, rund 100 Kilometer westlich der Insel Helgoland. Es war ein Seegefecht zwischen der kaiserlichen Marine und der britischen Royal Navy.

Die Doggerbank war ein wichtiger strategischer Ort, da sie sich in einem fischreichen Gebiet befand und von beiden Seiten als Aufmarschgebiet für ihre Flotten genutzt wurde.

Die Deutschen versuchten, britische Fischerboote zu zerstören und britische Überwassereinheiten anzulocken.

Der britische Marinegeheimdienst wusste durch das Abhören deutscher Funksignale und deren Entschlüsselung *(Zimmermann-Telegramm)* von den Vorhaben der Deutschen.

Die Royal Navy wurde durch die Dechiffrierspezialisten vorgewarnt. Somit rechneten die Briten stark mit dem beabsichtigten Angriff deutscher Kriegsschiffe auf britische Fischerboote und leichte Kriegsschiffe in der Nähe der Doggerbank-Anlage.

Vizeadmiral Franz von Hipper führte das Geschwader von Panzerkreuzern und begleitenden Schiffe auf der deutschen Seite an.

Der Plan der Deutschen sah vor, mit seinen Kreuzern in die Nordsee vorzustoßen, um den britischen Schiffsverkehr zu stören und möglicherweise feindliche Einheiten zu vernichten.

Der britische Grand Fleet unter Vizeadmiral David Beatty setzte sich in Bewegung, um die Deutschen abzufangen.

Am 24. Januar 1915 gegen 7.35 Uhr morgens trafen die beiden Flotten, nördlich der Doggerbank und 400 Kilometer westlich von Föhr aufeinander.

Auf der britischen Seite die Flotte aus mehreren Schlachtkreuzern, Kreuzern und Zerstörern, und an der Spitze HMS „*Lion*", Beattys Flaggschiff.

Die deutschen Schiffe darunter die Panzerkreuzer „*Seydlitz*", „*Derfflinger*", „Moltke" und der ältere Panzerkreuzer „*Blücher*" waren unterlegen.

Hipper erkannte sofort, dass die Briten seinen Schiffen fast doppelt überlegen waren, und gab Befehl zum Wenden.

Die Briten eröffneten sofort das Feuer aus größerer Reichweite.

Die Schlachtkreuzer beider Seiten lieferten sich ein Duell mit ihren schweren Geschützen.

Der deutsche Panzerkreuzer SMS „Blücher", das schwächste Schiff in Hippers Formation, geriet unter schweres britisches Feuer und wurde mehrfach schwer getroffen.

Dadurch, dass die britischen Schiffe sich stark auf die SMS „Blücher" konzentrierten, gab Hipper die Gelegenheit, sich mit den anderen Schiffen zurückzuziehen.

Doch nun erwies es sich als schweren Fehler, dass die „Blücher" zu seinem Verband gehörte, denn sie erreichte maximal 24 Knoten, während die neueren deutschen Schiffe 26 Knoten erreichten und die britischen Schlachtkreuzer sogar 27 bis 28 Knoten.

Es entwickelte sich ein Wettrennen.

Bild 20: Die letzten Augenblicke des deutschen Panzerkreuzers „Blücher". Das Schiff wurd im Gefecht von großen englischen Schlachtkreuzern zusammengeschossen und kenterte vor dem Untergang.

Würden die Briten die langsameren deutschen Schiffe in Schussweite bekommen, bevor sie zu nah an die deutsche Küste gerieten?

Die Royal Navy wusste nicht, ob dort die langsameren, aber feuerstarken deutschen Schlachtschiffe auf Lauer lagen.

Sie taten nichts.

Hipper war auf sich gestellt, aber das wussten die Briten nicht.

Der deutsche Verband konnte, da die „Blücher" nicht zurückgelassen werden sollte, nur 24 Knoten laufen, während der britische Vizeadmiral David Beatty seinen Schiffen 27 Knoten befahl.

Nach etwas mehr als zwei Stunden hatte sich die Distanz so weit verkürzt, dass der führende Schlachtkreuzer HMS „Lion" um 09.52 Uhr das Feuer auf das letzte deutsche Schiff, eben die „Blücher" eröffnen konnte.

Da die deutschen Schiffe kleinere Kaliber mit geringerer Reichweite an Bord hatten, konnten sie das Feuer erst um 10.11 Uhr erwidern.

Es entwickelte sich ein heftiges Gefecht.

Um 10.43 Uhr traf eine Granate der HMS „Lion" die SMS „Seydlitz", die nur um Haaresbreite der Detonation ihrer Munitionskammer entging.

38 Minuten später gab es einen ähnlichen, beinahe finalen Treffer auf „Lion"; der Schlachtkreuzer musste sich aus dem Kampf zurückziehen.

Die SMS „Blücher", das langsamste Schiff im deutschen Verband, konnte nicht entkommen.

Sie musste aus dem deutschen Verband ausscheren.

Die SMS „Blücher" wurde von den Briten konzentriert unter Feuer genommen und geriet in Brand.

Hipper entschloss sich dafür, die schon schwer getroffene SMS „Blücher" zurück- und damit den Kanonieren der Royal Navy zu überlassen.

Um 11.45 Uhr brach David Beatty die Verfolgung ab, weil er ein U-Boot-Periskop gesichtet zu haben glaubte.

Vermutlich ein Irrtum.

Nun schossen die britischen Schiffe die *„Blücher"* zusammen und diese sank schließlich um 14.13 Uhr nach Torpedotreffern und schweren Beschädigungen.

Viele der Besatzungsmitglieder kamen dabei ums Leben.

Die Briten sahen aber auch, dass Beattys Flaggschiff, die HMS „Löwe", schwer beschädigt wurde.

Das Flaggschiff musste nach dem Gefecht abgeschleppt werden.

Dies führte zu Verwirrung in den britischen Reihen, und ein weiterer Angriff auf die fliehenden deutschen Schiffe wurde abgebrochen.

Franz Hipper kehrte mit der schwerbeschädigten SMS „Seydlitz", der leicht beschädigten SMS „Derfflinger" und der unversehrten SMS „Moltke" zurück.

Die SMS „Blücher" war verloren gegangen.

Das Gefecht auf der Doggerbank galt als deutsche Niederlage, als Rückschlag.

Der britische Sieg war jedoch umstritten.

Obwohl die Briten einen strategischen Sieg errangen, die „Blücher" versenkten, verpassten sie die Gelegenheit, die gesamte deutsche Flotte zu vernichten, weil es Kommunikationsprobleme und Unstimmigkeiten bei der britischen Führung gab.

Der entscheidende strategische Sieg der Schlacht für beide Seiten waren der einseitige Erfolg der Briten, dass sie die SMS „Blücher" versenkten und die Deutschen zwangen, sich zurückzuziehen.

Bei der Versenkung der SMS „Blücher" kamen etwa 792 Seeleute ums Leben, während die Briten zwar keine Schiffe verloren, aber einige Schlachtkreuzer schwere Schäden erlitten.

Auf der deutschen Seite führte die Schlacht zu einer Reform der Marineführung und sorgte dafür, dass die Hochseeflotte fortan vorsichtiger agierte, da der Verlust der „Blücher" und die fast erlittene Niederlage als demütigend empfunden wurde.

Flottenchef Friedrich Ingenohl wurde entlassen, sein Nachfolger Hugo von Pohl beendete weitere Planungen ähnlicher Vorstöße.

Die Schlacht auf der Doggerbank war eine der wenigen größeren Seeschlachten im Ersten Weltkrieg, in der Schlachtkreuzer beider Seiten im direkten Gefecht aufeinandertrafen und zeigte auch die Bedeutung der britischen Fähigkeit, deutsche Funksignale abzufangen und zu entschlüsseln, was sich im weiteren Verlauf des Krieges als wesentlicher Vorteil herausstellte. Dies zeigte die Bedeutung der Funkaufklärung und der technologischen Überlegenheit der Briten im Seekrieg.

6. Es war nur ein einfacher Mariner, Maat auf einem kleinen Vorpostenboot, einem ganz gewöhnlichen Fischdampfer mit einer winzigen Kanone an Deck zum Abschießen der Minen.

Es war im Sommer 1915, an einem Sonntagmorgen.

Das Schiff trieb an der Westfront von Horns Riff, bei leichtem Seegang und diesiger Luft.

Auf der Brücke stand der Alte mit seinem Maat in einem gemeinsamen Gespräch.

Die anderen waren beim Deckwaschen.

Keiner dachte an Krieg.

Auf einmal zeigte der Ausguck nach Backbord und rief: „Da! ... da! ... Was ist das?"

Plötzlich bildeten sich auf dem Wasser die Konturen eines Schiffs, noch tief im Dunst, aber doch schon deutlich umrissen.

„Ein feindlicher Kreuzer!"

„Dahinter noch einer!"

„Noch zwei!"

Da blitzte es schon auf.

Zweimal, dreimal.

Und bevor überhaupt jemand wusste, was los war, sauste dicht vor dem kleinen Vorpostenboot das Wasser turmhoch in die Luft.

Es knallte und knatterte.

Neben dem Maat lag der Kapitän wie tot auf der Brücke. Der Luftdruck der Einschläge hatte ihn umgehauen.

Blut lief ihm über die Stirn.

Aus dem Kesselraum züngelten Flammen empor und der Rauch wurde immer dichter.

Unter Deck erschallten laute Rufe und verzweifeltes Schreien.

Das Vorpostenboot neigte sich langsam nach Backbord und begann langsam zu sinken.

Der Maat sprang zum Steuer. Hier stellte dieser mit Schrecken fest, das Steuerrad hatte es in seine Einzelteile zerlegt.

„Äußerste Kraft voraus!", rief er durch das Megafon.

Aus dem Maschinenraum kam keine Antwort.

Die Schlagseite des Fischdampfers wurde größer und größer. Die Backbord Reling berührte schon fast die Wasseroberfläche, soweit hatte sich der Kahn bereits zur Seite gelegt.

Bild 22: Zum Vorpostenboot umgerüsteter Fischdampfer „Nürnberg"(1914).

Hinten am Heck waren schon ein paar Mann dabei und machten das Boot klar. Es flog ihnen wie von selbst aus den Verankerungen und stürzte in das Wasser.

Sich aufrichten, schwamm es leicht schaukelnd auf den Wellen dahin, als wäre nichts geschehen.

Schon waren drei Mann hinein gesprungen.

Vier liefen wie in wilder Panik über das Deck. Sie riefen, suchten und schleppten ein paar Verwundete zum Heck.

Hier reichten sie die Verwundeten hinunter ins Boot.

Der Dampfer hatte schon einen deutlichen Tiefgang.

Die ersten Wellen plätscherten bereits auf der Backbordseite auf die Holzdielen des Decks.

Der Maat stand immer noch auf der Brücke und starrte hinüber nach den feindlichen Kreuzern.

Die kamen langsam aber stetig näher.

Ihre Schornsteine qualmten.

Der Maat sprang hinzu, richtete den Alten hoch, nahm ihn auf dem Arm wie ein Kind und schleppte ihn die steile Treppe hinunter. Stieg mit ihm über die Rehling ins Boot.

Da bewegte sich stöhnend der Alte.

Zwischen den Ruderbänken wurde er der Länge nach hingelegt.

Der Maat wollte zurück an Bord.

Die anderen im Boot hatten aber die Leine schon losgeworfen und stießen ab.

Schnell weg von dem sinkenden Schiff.

„Stopp, Jungs! Halt!", rief der im Boot hoch aufrecht stehende Maat.

„Noch nicht ablegen! Wir müssen erst noch den Kasten versenken. Mit den Geheimpapieren, dem Signalbuch!"

„Ah wat! Der Dampfer sackt ja gleich weg, und die Papiere mit!"

„Der sackt noch lange nicht. Der Kreuzer ist schon gleich ran. Jungs, das geht nicht so! Um Gottes willen, er darf nicht unser Signalbuch und unsere Minenkarte...! Zurück Jungs! ... Wir müssen den Kasten holen!"

<u>Bild 23</u>: Schlachtkreuzer im Einsatz.

Aber sie wollten nicht, sie jammerten und stritten, dabei ruderten sie um ihr Leben.

„Dann gehe ich allein!", rief der Maat aufgebracht.

Er drückte nach diesen Worten seine Mütze fest auf den Kopf und sprang aus dem Boot. Schwamm in schnellen kräftigen Zügen zurück zum Fischdampfer und schwang sich über die Rehling an Bord.

Ein großer Teil des Decks lag bereits unter Wasser.

Der Maat kletterte am Schornstein vorbei hinauf zur Brücke, verschwand im Kartenhaus.

Nach wenigen Sekunden, die sich fast wie Minuten anfühlten, kam er wieder zum Vorschein, einen schweren Eisenkasten in den Händen haltend. Diesen hielt er hoch in die Luft den feindlichen Schiffen entgegen.

Lachend kam ein freudiger Fluch über seine Lippen und der schwere Eisenkasten flog im weiten Bogen in die hochaufspritzende See.

Er drehte sich um und wollte zurück.

Plötzlich neigte sich der Fischdampfer ganz zur Seite und sackte nach hinten ab in die tiefe See.

Der Bug stieg noch einmal steil aus dem Wasser.

Ein wilder weißer Schaumstrudel zog alles in sich hinab.

Die feindlichen Kreuzer drehten ab und verschwanden im Dunst.

Die Leute im Boot ruderten noch lange zwischen den treibenden Wrackstücken umher und suchten nach ihren Kameraden und fragten nach ihrem Schiff.

Es war nur ein kleines Vorpostenboot, ein gewöhnlicher Fischdampfer gewesen.

Und er war nur ein einfacher Mariner, der Maat.

7.

Das Seegefecht auf den Dardanellen, auch bekannt als Dardanellen-Kampagne, auch bekannt als Gallipoli-Feldzug, war ein bedeutendes militärisches Unternehmen während des Ersten Weltkrieges.

Die Dardanellen waren strategisch extrem wichtig, weil sie den einzigen Seeweg von der Ägäis ins Schwarze Meer kontrollierten. Diese Meerenge verband das Mittelmeer mit dem Schwarzen Meer und war der Schlüssel zu einer Route nach Russland, um die Versorgung der russischen Armee sicherzustellen.

Großbritannien und Frankreich wollten das Osmanische Reich, das auf der Seite der Mittelmächte (Deutschland und Österreich-Ungarn) kämpfte, aus dem Krieg drängen und Russland durch die Öffnung des Schwarzmeerzuganges militärische und wirtschaftliche Unterstützung bieten. Gleichzeitig wollten sie die Kontrolle über Konstantinopel (heutiges Istanbul) und die osmanischen Festungen in der Region gewinnen.

Das Seegefecht fand zwischen Februar 1915 und Januar 1916 statt.

Das Hauptziel war die Meerenge der Dardanellen, die das Mittelmeer mit dem Schwarzen Meer verbindet, zu kontrollieren und da durch eine Seeverbindung zu Russlands südlichen Häfen zu schaffen.

Es handelte sich um die größten und verlustreichsten Operationen des Krieges, bei der die Alliierten versuchten, das Osmanische Reich aus dem Krieg zu drängen.

Ab Februar 1915 begannen britische und französische Schlachtschiffe, die Küstenbatterien und Festungen entlang der Dardanellen zu beschießen. Sie wollten die osmanischen Verteidigungsstellungen ausschalten, um die Passage für die Flotte zu öffnen.

Der Feldzug begann mit einem gescheiterten Versuch, die osmanischen Befestigungen entlang der Dardanellen durch einen reinen Marineangriff zu überwinden.

Eine große alliierte Flotte, bestehend aus britischen und französischen Schlachtschiffen versuchten dann am 18. März 1915 die osmanischen Verteidigungsanlagen direkt anzugreifen.

Die Alliierten planten, die Minenfelder zu räumen und die Küstenbefestigungen zu zerstören.

Sie stießen allerdings auf starke osmanische Verteidigungsanlagen, die durch Minen und gut platzierte Artillerie geschützt waren.

Während des Angriffes gerieten die alliierten Schiffe in ein dichtes Minenfeld, das die Osmanen sorgfältig vorbereitet hatten.

Als die alliierte Flotte versuchte, das Minenfeld zu durchbrechen, wurden mehrere Schiffe von Minen getroffen und sanken oder wurden schwer beschädigt, darunter die französischen Schiffe *„Bouvet"* und *„Gaulois"* sowie die britischen Schlachtschiffe HMS *„Irresistible"* und HMS *„Ocean"*.

Das Seegefecht war ein taktischer Sieg für das Osmanische Reich und ein schwerer Rückschlag für die Alliierten.

Die Verluste an Mensch und Material waren erheblich.

Aufgrund der erheblichen Ausfälle und der Unfähigkeit, die osmanische Verteidigung zu durchbrechen, wurde der Seeangriff abgebrochen.

Dies markierte das Ende des rein maritimen Vorstoßes, da die Alliierten erkannten, dass die Meerenge ohne eine umfassende Bodenoperation nicht genommen werden konnte.

Am 25. April 1915 landeten alliierte Einheiten, darunter hauptsächlich britische, französische, australische und neuseeländische Truppen (ANZAC - Australian and New Zealand Army Corps), an verschiedenen Stellen der Halbinsel Gallipoli.

Die Landungen waren schlecht koordiniert, und viele Einheiten landeten an falschen Stränden oder schwierigen Gelände, was ihre Angriffspläne behinderte.

Unter der Führung des osmanischen Kommandanten Mustafa Kemal (später bekannt als Atatürk und als Gründer der modernen Türkei) leisteten die türkischen Truppen entschlossenen

Widerstand. Sie hatten den Vorteil, die Höhen zu halten und verteidigten die Halbinsel mit einer gut organisierten Verteidigung. Die steilen Hänge und das unwegsame Gelände machte es den Alliierten schwer, Fortschritte zu erzielen.

Die Alliierten konnten sich nach der Landung nicht entscheidend durchsetzen.

Der Konflikt entwickelte sich ähnlich wie an der Westfront in Europa bald zu einem verlustreichen Stellungskrieg.

Die hügelige und gut verteidigte Geländetopografie sowie logistische Probleme erschwerten die alliierten Bemühungen.

Die Alliierten konnten trotz heftiger Kämpfe kaum Boden gewinnen.

Die extreme Sommerhitze, Wassermangel, Krankheiten wie Dysenterie und schlechte sanitäre Bedingungen trugen zusätzlich zum Leid der Truppen bei.

Mehrere große Offensiven der Alliierten, darunter der Versuch, die Sari-Bair-Höhen zu erobern, und die Landungen in Suvla Bay, scheiterten. Diese Operationen wurden schlecht geplant und ausgeführt, und die Alliierten konnten nie die entscheidenden Höhen einnehmen.

Osmanische Truppen, unterstützt von deutschen Beratern, hielten ihre Stellungen trotz heftiger Kämpfe.

Nach Monaten langen Blutvergießen und hohen Verlusten auf beiden Seiten (insgesamt etwa 500.000 Tote und Verwundete) war klar, dass die Operation nicht erfolgreich sein würde.

Im Dezember 1915 und im Januar 1916 zogen sich die Alliierten unter dem Schutz der Dunkelheit heimlich zurück.

Trotz der schlechten Erfolgsaussichten verlief der Rückzug bemerkenswert geordnet und ohne größere Verluste.

Die Dardanellen blieben unter der Kontrolle des Osmanischen Reiches.

Die Dardanellen-Kampagne war ein Fiasko für die Alliierten, da sie ihre Ziele nicht erreichten. Sie konnten das Osmanische

Reich nicht aus dem Krieg drängen und mussten erhebliche Verluste hinnehmen.

Der Misserfolg führte zu einer schweren innenpolitischen Krise in Großbritannien, die schließlich den Rücktritt des britischen Ersten Lords der Admiralität, Winston Churchill, zur Folge hatte, der einer der Hauptbefürworter der Kampagne war.

Für das Osmanische Reich war die Verteidigung von Gallipoli ein großer Erfolg und trug maßgeblich zur nationalen Identität der späteren Türkei bei.

Mustafa Kemal wurde durch seine Rolle in der Verteidigung von Gallipoli zu einer nationalen Berühmtheit.

Die Dardanellen-Kampagne war ein Beispiel für die komplexen geopolitischen Ziele des Ersten Weltkrieges und zeigte die Schwierigkeiten, neue Fronten erfolgreich zu eröffnen.

Sie galt als eine der größten Fehleinschätzungen der Alliierten im Krieg und verdeutlichte die hohe Bedeutung von Planung und Logistik in militärischen Operationen.

Bild 24: Die deutschen Kriegsschiffe *„Goeben"* und *„Breslau"* beim Einlaufen in die Dardanellen die türkische Flagge salutierend.

Das Bestreben der Alliierten die Kontrolle über die Dardanellenstraße und damit Zugang zum Schwarzen Meer zu gewinnen war ein strategisches Desaster.

Der Versuch scheiterte trotz massiven Einsatzes von Streitkräften und führte zu erheblichen Verlusten, vor allem in den Landoperationen auf der Gallipoli-Halbinsel.

Die erfolgreiche Verteidigung der Dardanellen stärkte den Ruf Mustafa Kemals sowie die Moral des Osmanischen Reiches und verlängerte den Krieg im Nahen Osten.

Für die ANZAC-Truppen war es ein traumatisches Erlebnis, das jedoch einen wichtigen Beitrag zur nationalen Identität Australiens und Neuseelands leistete.

8. Im Jahre 1915 verfolgten sowohl Deutschland als auch Russland strategische Ziele in der Ostsee.
• Für Russland war der Zugang zur Ostsee von entscheidender Bedeutung um Nachschub und Verständigung mit den westlichen Alliierten aufrechtzuerhalten.

Deutschland wiederum wollte die russische Präsenz in der Region schwächen und die Kontrolle über die Ostsee behalten, um seine eigenen Handels- und Verbindungsrouten zu schützen.

In diesem Kontext beschloss Russland, mit einem Konvoi von Transportschiffen Nachschub zu den Truppen zu transportieren, die entlang der östlichen Front kämpften.

Diese Schiffe wurden von der russischen Flotte eskortiert.

Deutschland wiederum hatte Informationen über diesen Konvoi und entsandte ein Geschwader unter dem Befehl von Konteradmiral Hopman. Das Geschwader bestand, das die russische Flotte abfangen sollte, aus dem großen Panzerkreuzer SMS „Roon", dem kleinen Kreuzer SMS „Augsburg" und einigen Zerstörern.

Ihr Ziel war es, die russischen Konvois zu stören, die Nachschub entlang der östlichen Front transportierten.

<u>Bild 25:</u> Die *„Augsburg"* ein kleiner Kreuzer der kaiserlichen Marine, der gegen die russische Flotte eingesetzt wurde.

Die deutschen Schiffe, die in der Nacht eine vorgeschobene Stellung besetzt gehalten hatten, fuhren am 19. Juni 1915 morgens auf südlichen Kurs.

Das Wetter war, namentlich nach Osten zu, trüb, strichweise sogar neblig.

Gegen sechs Uhr früh plötzlich ein Pfeifen und Jaulen in der Luft.

Aus einer im Südosten stehenden Nebelbank heraus sausten auf die Kreuzer SMS *„Augsburg"* und dem großen Panzerkreuzer SMS *„Roon"*, die dicht beieinanderstanden, Granaten heran.

Rechts und links schlugen diese dicht bei den Schiffen im kühlen Nass ein.

Eins, zwei, drei Wasserfontänen schossen in die Höhe.

In siebentausend bis achttausend Metern Entfernung tauchten aus der im Südosten stehenden Nebelbank wie aus dem nichts heraus, die undeutlichen Umrisse von vier feindlichen Schiffen auf.

Beim näher kommen wurden später die Kreuzer „*Admiral Makarow*", „*Bajan*", „*Bogatyr*" und „*Oleg*" ausgemacht.

Der Kreuzer „*Augsburg*" rief gleichzeitig die beiden weiter östlich stehenden Kreuzer „*Roon*" und „*Lübeck*" herbei und versuchte inzwischen im Vertrauen auf ihre höhere Geschwindigkeit, das Feuer der Gegner von „*Albatros*" ab- und auf sich zu lenken und den Feind in Richtung der herankommenden Verstärkung zu ziehen.

Bild 26: SMS „*Lübeck*"ein Kleiner Kreuzer der kaiserlichen Marine. Sie war das vierte Schiff der Bremen-Klasse und eines der ersten deutschen Kriegsschiffe mit Dampfturbinenantrieb und gehörte stets der heimischen Hochseeflotte an.

Der Kreuzer „*Albatros*", der gegenüber diesen großen Kreuzern keine ausreichende Gefechtskraft besaß und ihnen an Geschwindigkeit unterlegen war, erhielt Befehl, sich nach der schwedischen Insel Gotland zurückzuziehen.

Die feindlichen Kreuzer ließen aber nicht von der „Albatros"
ab, sondern vereinigten auf ihn das gesamte Feuer aus ihren Geschützen.

Ein Entkommen aus dem feindlichen Feuerbereich war für den
Kreuzer „Albatros", wegen seiner geringen Geschwindigkeit, nicht
mehr möglich.

Nach zweistündigem Gefecht, das die Russen auch nach Erreichen der schwedischen Hoheitsgewässer nicht abbrachen, wie die
dienstlichen deutschen Meldungen in Übereinstimmung mit den
schwedischen Zeitungsberichten feststellten, musste der Kommandant sein von zahlreichen schweren Treffern leck geschosse-
nes und in sinkenden Zustand befindliches Schiff bei Österaarn
auf den Strand setzen.

Die dann eingetretenen Ereignisse, wie das von Bordbringen
der Schwerverwundeten, ihre liebevoll und fürsorgliche Auf-
nahme und Pflege durch die Bevölkerung, die Bestattung der Ge-
fallenen unter der herzlichen Teilnahme der Einwohner, das alles
war aus der ausführlichen Schilderung durch die schwedische und
deutsche Presse bekannt geworden.

Aus ihnen ging auch klar hervor, woran im Übrigen niemand
in Deutschland gezweifelt hat, dass die russische Behauptung, der
Kreuzer „Albatros" habe die Flagge noch während des Gefechts
gestrichen, mit der Wahrheit nicht im Einklang stand.

Während der Kreuzer „Albatros" auf den Strand aufsetzte, waren zunächst der Kreuzer „Lübeck", dann der Kreuzer „Roon", aus
östlicher Richtung in dem diesigen und nebligen Wetter Richtung
des Kanonendonners mit höchster Fahrt zugelaufen.

Beim Herankommen an die Schlussschiffe des Gegners griffen
die beiden deutschen Kreuzer in das Gefecht ein.

Der Feind richtete sein Feuer hauptsächlich gegen das ihm
nächste und schwächste Schiff „Lübeck".

Doch erzielte er keinerlei Erfolge, auch nicht, als ihm aus einer
Nebelwand heraus gegen 08.30 Uhr sein neuester und stärkster
Panzerkreuzer „Rurik" zu Hilfe kam.

Die Kreuzer „*Roon*" und „*Augsburg*" stießen auf diesen vor, um den Kreuzer „*Lübeck*" zu entlasten, was zur Folge hatte, dass der Panzerkreuzer „*Rurik*" abdrehte.

Bild 27: Die Seeschlacht bei Gotland.

Bei diesem Gefecht erhielt die „*Roon*" einige Treffer, die aber nur leichte Schäden verursachten und ihren Angriff fortsetzen konnte.

Das Gefecht, in dem die Russen nach eigenem Eingeständnis wahrscheinlich durch die schwere Artillerie des Kreuzers *„Roon"* Beschädigungen erlitten hatte, endete gegen 10.00 Uhr.

<u>Bild 28:</u> Der russische Panzerkreuzer *„Admiral Makarow"*.

Der Gegner entzog sich infolge des unsichtbaren Wetters im Norden aus der Sicht der deutschen Schiffe, bevor weitere deutsche Verstärkungen auf dem Kampfplatz eintreffen konnte.

Trotz der lebhaften und dauernden Beschießung durch die an Zahl und Gefechtskraft weit überlegenen russischen Schiffe hatten die deutschen Kreuzer, abgesehen vom Kreuzer „Albatros", keinen einzigen Treffer erhalten.

Die „Admiral Makarow" wurde schwer beschädigt, erlitt Brände an Bord und musste sich aus dem Kampf zurückziehen, während die „Slava" und „Bogatyr" versuchten, den Rückzug zu decken.

Die deutschen Schiffe, deren Hauptziel es war, den russischen Nachschub zu stören, entschieden sich, die Verfolgung nicht weiter fortzusetzen.

Die Schlacht endete ohne einen klaren Sieger für eine der beiden Seiten.

Aber die russische Flotte musste sich zurückziehen und ihre Operationen in der Region in den Ostseegewässern um Gotland vorübergehend einstellen.

Die Deutschen hatten ihr Ziel erreicht, die russischen Operationen zu behindern, aber sie konnten die russische Flotte nicht vollständig zerstören.

Auf der russischen Seite gelang es, den Rückzug der beschädigten Schiffe zu organisieren, und sie behielten trotz der Verluste weiterhin eine gewisse Pressantes in der Ostsee.

9.

Die SMS „Wolf" war ein normales Handelsschiff der Bremer Hansa-Linie und wurde unter dem Namen „Wachtenfels 1913" in Flensburg gebaut. Ein Schiff von 5.800 Brutto-Registertonnen und 11 sm Geschwindigkeit.

In Dienst gestellt unter dem Kommando des Fregattenkapitäns Nerger.

1916 wurde es eingezogen und zum Hilfskreuzer umgebaut.

Ausgerüstet mit sieben 15 cm (5,9 Zoll) Geschützen, drei 5,2 cm (2,0 Zoll) SK L/55 Waffen und mehreren kleineren Kaliberwaffen sowie vier 50 cm Deckstorpedorohre mit 14 Torpedos und 465 Seeminen lief das Schiff im November 1916 mit 350 Mann an Bord zu einer Kaperfahrt in den Pazifik aus.

Für die Besatzung von Prisen war eine vollständige Landungsausrüstung mit 2 Maschinengewehren und Landungs-FC-Stationen vorgesehen.

Auch ein versenkbarer Scheinwerfer war vorhanden und eine Unterwasserschallanlage.

Sie sollten die weitentfernten Häfen britischer Kolonien durch Minen verseuchen, um dadurch in Ergänzung des U-Bootkrieges auch in die von diesem nicht berührten Seegebiete Unsicherheit zu tragen, weiter aber auch Handelskrieg zu führen.

Masten und Schornsteine waren, um das Äußere des Schiffes schnell verändern zu können, zum Verkürzen eingerichtet.

Der Kohlevorrat betrug 6.300 Tonnen, die Proviantausrüstung war für 15 Monate berechnet.

Für die 350 Köpfe große Besatzung und für die gleiche Anzahl von Gefangenen waren entsprechende Unterkunftsräume eingerichtet.

An Bord befand sich auch ein Wasserflugzeug. Dieses war eines der ersten Flugzeuge, das jemals auf einem Schiff stationiert wurde.

Mithilfe des „Wölfchens", dem zweisitzigen Wasserflugzeug „Friedrichshafen FF. 33e" wurden die feindlichen Schiffe und Frachtschiffe lokalisiert und beschlagnahmt.

Zum Kapern der Schiffe befand sich auf dem deutschen Hilfskreuzer für das Prisenkommando als Beiboot ein kleiner, wendiger Dampfer.

Überhaupt waren bei der Ausrüstung alle bisherigen Erfahrungen weitgehend nutzbar gemacht worden.

Von feindlichen Kreuzern waren zurzeit nur in der Umgebung der Capverdischen Inseln Funksprüche vernommen wurden.

Verhängnisvoll hätte zwischen 17.00 und 18.00 Uhr am 16. Januar die Begegnung mit einem englischen Geleitzug werden können, der aus älteren Panzerkreuzern und sechs großen Dampfern bestand und auf eine Entfernung von 13 sm passiert wurde.

Bild 29: „Wölfchen" (Kleiner Wolf), das erste Seeflugzeug, das von Bord eines Kriegsschiffes, dem Hilfskreuzer SMS „Wolf" auf hoher See verwendet wurde.

Bei klarem Wetter konnten die Flaggen und Wimpel, des, die Nachtorder ausgehenden Panzerkreuzers deutlich unterschieden werden.

Glücklicherweise war seine Aufmerksamkeit offenbar durch das Signalisieren vollständig gefesselt.

Nach dem Dunkelwerden wurde bei der Ansteuerung von Norden her das Gewässer von Kapstadt mit Minen verseucht.

Die SMS „Wolf" verließ Deutschland am 11. November 1916 mit vom Schleier des Geheimnisses sorgfältig umhüllte Fahrt durch den Kleinen Belt nach Norden, mit dem Ziel auf einer geheimen Kaperfahrt feindliche Handelsschiffe aufzubringen, anzugreifen und Schifffahrtsrouten zu stören.

Auf dem Weg durch den Skagerrak, an der Westküste von Norwegen vorbei bis in die mit Treibeis bedeckte Dänemark-Straße (nördlich von Island) wurde er von 4 U-Booten begleitet, weil er bei seiner geringen, durch Überlastung noch verminderte Geschwindigkeit beim Sichten eines Feindes trotz seiner Maskierung als englischer Nordseedampfer aufs Äußerste gefährdet war.

Am 10. Dezember erreichte das vereiste Schiff westlich von Island glücklich den freien Atlantik.

Um dann unbemerkt südwärts durch die Mitte des Atlantiks, rund um das Kap der Guten Hoffnung in den Indischen Ozean, durch den Pazifik und schließlich wieder zurück in den Atlantik zu fahren.

Am 16. Januar 1917 nachmittags wurde der Tafelberg bei Kapstadt gesichtet.

Handelskrieg war bis jetzt, um das Geheimnis der SMS „*Wolf*" weiter zu wahren, sorgfältig vermieden worden.

Eine Verseuchung mit Minen durch die südliche Ansteuerung konnte wegen der außerordentlichen Helligkeit nach Mondaufgang weder in dieser Nacht noch in den folgenden Nächten stattfinden, dafür wurde aber südlich von Kap Agulhas Minen geworfen.

Die Wirkung der Minen machte sich bald bemerkbar.

Denn in der Nacht vom 26. zum 27. Januar wurde eine englische Warnung vor U-Booten bei Kapstadt gehört.

Der spanische Postdampfer SS „*Carlos de Eizaguirre*" auf dem Weg von Cadiz nach Manila fuhr auf eine dieser Minen und sank in nur vier Minuten.

134 Menschen, darunter 12 Frauen und fünf Kinder starben.

24 Personen überlebten.

An Minen wurde wegen ihrer Wahrscheinlichkeit zunächst nicht gedacht.

In ihrer Verlegenheit und ihrem Erstaunen führten die englischen Behörden diese Verluste zunächst auf Explosionen innerhalb der Schiffe durch Höllenmaschinen zurück.

Nach dem Atlantik umrundete die SMS „*Wolf*" das Kap der Guten Hoffnung an der Südspitze Afrikas, um in den Indischen Ozean einzudringen.

Auf der Fahrt durch den Indischen Ozean nach Ceylon wurde wieder, um das Geheimnis des SMS „*Wolf*" weiter zu wahren, außerhalb der Dampferwege gefahren.

Nachdem am 07. Februar ein schwerer Mauritius-Orkan glücklich überstanden war, wurde am 15. Februar Ceylon gesichtet und in der Nacht darauf wurden die Zufahrtsstraßen nach Colombo vermint.

Dabei geriet das dicht unter Land fahrende Schiff etwa eine Minute lang in das Licht eines der auf den Hafenmolen stehenden Scheinwerfers, offenbar jedoch ohne in seiner Tätigkeit erkannt zu werden.

Am 19. Februar wurden alle nach Bombay führenden Zufahrtswege gesperrt.

Die baldige Wirksamkeit dieser Sperre ergab sich aus aufgefangenen Funksprüchen über Schiffsverluste.

Die verlegten Minen beschädigten unter anderem den britischen Kreuzer HMS „*Manchester*" und versenkten andere Schiffe, darunter das japanische Kriegsschiff „*Sanyo-Maru*".

Nach diesem Erfolg im Minenkrieg wandte sich „*Wolf*", dessen Kohlenbestand erheblich angegriffen war, vorläufig dem Kreuzerkrieg im Indischen Ozean zu.

Der Indische Ozean war eines der Hauptoperationsgebiete des SMS „*Wolf*". Hier legten sie Seeminen, versenkten und erbeuteten zahlreiche Schiffe.

Am 27. Februar wurde der englische Dampfer „*Turitella*" genommen, der sich als das bei Kriegsbeginn in Alexandrien beschlagnahmte und zum Öldampfer umgebaute Schwesterschiff der SMS „*Wolf*" „*Gutenfels*" erwies und mit einer Ladung Heizöl für die englische Mittelmeerflotte nach Port Sais unterwegs war.

Es wurde unter dem Befehl von Kapitänleutnant Brandes unter dem Namen „*Iltis*" als Minenschiff ausgerüstet mit dem Auftrag, den Südausgang des Roten Meeres zu verminen.

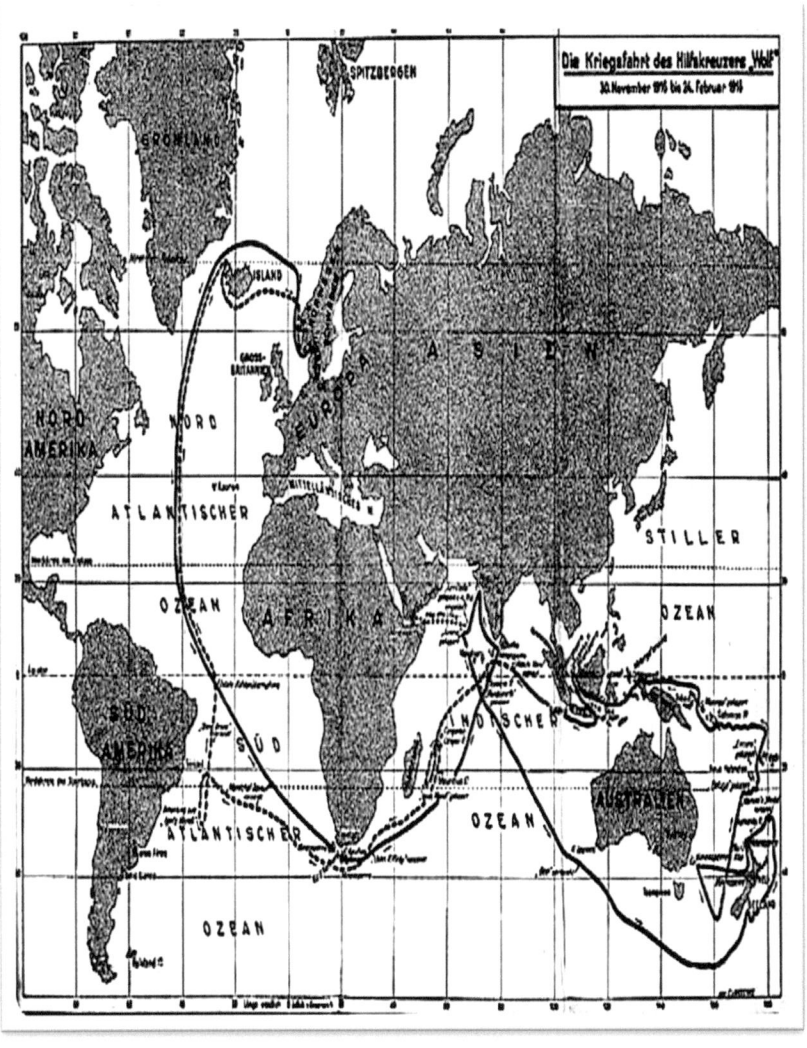

Bild 30: Die Kriegsfahrten des Hilfskreuzers SMS „*Wolf*"
(30. November 1916 bis 24. Februar 1918).

„*Iltis*" hatte diese Aufgabe erfolgreich gelöst, war dann aber bei der Übernahme durch den Feind von der eigenen Besatzung versenkt worden.

Am 01. März beim Anhalten des englischen Dampfers „*Imuna*" ereignete sich leider ein schwerer Unfall.

Beim Laden eines längs des Schiffes stehenden Geschützes explodierte die Sprenggranate durch einen zwischen der Granate und den Verschluss geratener Fremdkörper auf der Innenseite des Schiffes.

Es wurden 4 Mann getötet und 24 verletzt.

Dies war auch das einzige Missgeschick das SMS „*Wolf*" begegnete.

Nachdem in 2-tägiger Arbeit die Bunkerkohlen der „*Imuna*" übergenommen waren, wurde das Schiff versenkt.

Wenig später wurde noch ein mit 7.000 Tonnen Reis auf der Fahrt von Rangoon nach London befindlicher Dampfer gekapert.

Danach wandte sich SMS „*Wolf*" südlich von Australien vorbei dem Tasman-See zu.

Auch auf dieser Fahrt wurde wertvolle Beute in Gestalt eines großen Wollschiffes gemacht.

Am 22. Mai lief die SMS „*Wolf*" zur Überholung der Maschinen die Sonntagsinsel an.

Hier trat das mit Bomben versehene „*Wölfchen*" wieder in erfolgreiche Tätigkeit, indem es den mit großem Kohlenvorrat und sehr viel Frischproviant versehenen Neuseeländer Dampfer „*Weiruma*" an sein noch nicht wieder voll seeklares Mutterschiff heranführte.

Die Proviantladung war für das schon notleidende England bestimmt, kam nun aber der „*Wolf*"-Besatzung außerordentlich zugute.

Bald darauf wurde noch ein mit Kohlen und Schamottsteinen beladener Segler genommen.

In der Nähe der Fidschi-Inseln erbeutete SMS „Wolf" den Segler „Balaga", dessen Ladung, Benzin für „Wölfchen", außerordentlich wertvoll war.

Über einen Zeitraum von 15 Monaten kreuzte SMS „Wolf" über die Weltmeere, ohne jemals einen Hafen anzulaufen oder Versorgung von außen zu erhalten.

Diese bemerkenswerte Selbstversorgung war nur möglich, weil die SMS „Wolf" auf ihrer Kaperfahrt erbeutete Schiffe ausplünderte, und diese somit den getarnten Hilfskreuzer mit Kohle, Lebensmittel und anderen Gütern versorgten.

Dabei legten sie etwa 100.000 Seemeilen (etwa 185.000 Kilometer) zurück.

In der Meerenge vor Indien und in der Nähe der Seychellen erbeute die SMS „Wolf" mehrere Schiffe.

Nach dem Indischen Ozean zog die SMS „Wolf" weiter in den Pazifik, überquerte den Äquator und operierte in den Gewässern südlich von Java, den Gewässern um die Philippinen und Indonesien.

In der Nähe von Australien und der Südinsel Neuseelands legte die SMS „Wolf" am 25. Juni erneut Minen. So wurden hier das neuseeländische Frachtschiff „Wimmera" und die SS „Port Kembia" von einer Mine getroffen und versenkt.

Am 27. Juni wurde die Cook-Straße gesperrt, wo schon am nächsten Tag der 9.000 Tonnen große Gefrierdampfer „Cumberland" aus London auf die Minen lief und dann auf den Strand gesetzt wurde.

Ende Juli stand SMS „Wolf" in der Nähe von Deutsch-Neuguinea und erbeutete hier den Dampfer „Matunga", der außer 500 Tonnen guter Kohle und 340 Tonnen für SMS „Wolf" sehr wertvolles Stückgut und eine größere Anzahl Passagiere an Bord hatte, darunter australische Soldaten und zwei Ärzte, von denen der ältere stellvertretener Gouverneur in Rabaul werden sollte.

Die 14 Tage der Entleerung des Schiffes wurden gleichzeitig zur Überholung- und Reparaturarbeiten benutzt.

In der Nacht vom 2. zum 3. September hatte SMS „Wolf“ in den Gewässern von Niederländisch-Indien (Karimata-Küste) ein Erlebnis, das zunächst sehr gefährlich schien, dann aber doch harmlos verlief.

Auf Gegenkurs kann ein abgeblendetes Schiff in Sicht, das mit Sicherheit als Kreuzer der englischen „Talbot“-Klasse ausgemacht wurde, aber die SMS „Wolf“ trotz hellen Mondscheins und eines Passierabstandes von nur 54 sm unbehelligt ließ.

Die Möglichkeit, der Anwesenheit eines deutschen Hilfskreuzers wurde offenbar nicht im Entferntesten vermutet, sonst wäre diese sorglose Unaufmerksamkeit nicht erklärlich gewesen.

Am 4. September wurden die letzten Minen vor der Singapore-Straße von Bord befördert.

Zwischen den Atollen der Malediven erfolgte am 27. September die Begegnung mit dem armierten japanischen Fracht- und Passagierdampfer „Hitochi Maru“, der sich gegen die Beschlagnahme unter großen Menschenverlusten hartnäckig wehrte.

Das Schiff war als Weihnachtsdampfer nach London bestimmt und hatte eine wertvolle Ladung allerart, die natürlich den „Wolf“-Leuten außerordentlich zugutekamen, soweit sie nicht wie z. B. Kupferbarren, Häute, Flachs, Baumwolle für die Heimat aufgehoben werden mussten.

An Bord befanden sich 42 Fahrgäste, einschließlich 5 Frauen und ein Kind.

Da das Schiff zur Unterbringung der Gefangenen, deren Zahl auf SMS „Wolf“ allmählich unbequem wurde, geeignet war, wurde es zunächst die „Hitochi Maru“, als Hilfsschiff mitgenommen, später aber wegen seiner noch geringen Kohlenvorräte nach der Übernahme der ganzen Ladung in der Nähe von Madagaskar versenkt.

Am 10. November hatte SMS „Wolf“ das Glück, den spanischen Dampfer „Agos Mendi“, der mit 5.800 Tonnen Kohlen nach Colombo fuhr, aufzubringen, aus dessen Ladungen die Bunker wieder voll aufgefüllt wurden.

Ein Teil der Gefangenen kamen dann an Bord des Spaniers, der SMS „*Wolf*" folgen musste, um auch weiter auf verschiedenen Treffpunkten als Kohlenschiff zu dienen.

Bild 31: Prise aufgebracht.

Eine sehr bemerkenswerte Prise machte SMS „*Wolf*" bei Südafrika mit einer amerikanischen Barke, die von New York nach Algoabai und Durban mit Stückgut unterwegs war, darunter 270 Autos, die zur Verwendung beim Kampf mit Lettow-Vorbeck bestimmt waren.

Südlich des Äquators wurden ein französischer Segler und eine norwegische Barke genommen, ursprünglich Engländer, die erst während des Krieges die Flagge gewechselt hatten.

Ansonsten schien der Ozean, ein Zeichen des sehr wirksamen U-Bootkrieges, verlassen zu sein.

Nach der Kaperfahrt im Pazifik, Indischen Ozean ging die Fahrt durch den Südatlantik zurück.

Auf dieser Reise führte sie weiter Angriffe auf Handelsschiffe.

Schließlich fuhr die SMS „*Wolf*" wieder durch den Nordatlantik.

Nachdem im nordatlantischen Ozean sehr schweres Wetter ohne Havarie und Unfall überstanden war, wurde am 18. Februar 1918 auf dem Wege nördlich um Island herum glücklich die Heimat erreicht.

Die SMS „Wolf", als Frachtschiff getarnt ging äußerst geschickt vor, um ihre Tarnung zu wahren und zu vermeiden, entdeckt zu werden. Ihr Kapitän benutzte falsche Flaggensignale und setzte das Flugzeug „Wölfchen", das sich an Bord befand, zur Aufklärung ein, um feindliche Schiffe rechtzeitig zu entdecken, um Überraschungsangriffe durchführen, zu können.

Eine entscheidende Rolle bei den Kaperangriffen spielte dabei das kleine Beiboot der SMS „Wolf".

Das kleine Beiboot war ein kleiner wendiger Dampfer, der dafür benutzt wurde, feindliche Handelsschiffe zu entern, nach dem die SMS „Wolf" ihr Ziel erreicht hatte.

Sobald das feindliche Schiff in Reichweite war und die Identität des Zieles feststand, hisste die SMS „Wolf" die deutsche Kriegsflagge und gab Warnschüsse ab, um das feindliche Schiff zu stoppen.

Dabei wurden die großkalibrigen Waffen nicht eingesetzt, um das feindliche Schiff nicht zu zerstören.

Das Ziel bestand darin, es zur Aufgabe zu zwingen.

Die Besatzung des Beibootes wurde in Bereitschaft versetzt, sobald die SMS „Wolf" sich in Sichtweite des feindlichen Handelsschiffes befand.

Das kleine Prisenkommando bestand aus 10 bis 15 Mann, ausgestattet mit leichten Waffen (Pistolen, Karabiner) und manchmal mit Sprengstoff für die mögliche Sprengung des feindlichen Schiffes.

Das Prisenkommando hatte eine gefährlich und taktisch anspruchsvolle Aufgabe zu erledigen.

Nachdem die SMS „Wolf" das feindliche Schiff mit Warnschüssen gestoppt hatte, wurde das Beiboot zu Wasser gelassen und machte sich mit dem Prisenkommando auf dem Weg zum feindlichen Schiff.

Die Männer in Beiboot hatten klare Anweisungen, möglichst rasch und unauffällig das Handelsschiff zu entern, während die SMS „*Wolf*" selbst aus der Distanz Deckung bot.

Bild 32: Hilfskreuzer „*Wolf*"hält seine letzte Prise „*Store broro*"an.

Je näher das kleine Beiboot, dem zu kapernden Schiff kam, desto genauer konnten die Männer des Prisenkommandos die Lage auf Deck des Handelsschiffes erkennen und die bestehende Situation realer einschätzen.

Manchmal glaubten die Männer, in dem kleinen Beiboot auch die Stimmung der Besatzung an Bord des Handelsschiffes zu verspüren.

Ob sie kooperativ war oder ob es ein Widersetzen geben würde.

Sobald das Beiboot das feindliche Schiff erreichte, flogen die Enterhaken an langen Seilen geworfen von den Männern des Prisenkommandos über die Reling des Schiffes und hakten sich fest. Mithilfe der Seile und mitgebrachten Leitern kletterten sie an der Bordwand hinauf auf das feindliche Schiff.

Sie taten es schnell, um den Überraschungseffekt ausnutzen zu können.

Die Männer des Prisenkommandos betraten das Deck, oft ohne viel Widerstand, da die überraschten Matrosen in den meisten Fällen unbewaffnet waren und sich nicht mit schwer bewaffneten Soldaten anlegen wollten.

Falls es Widerstand gab, stand die konsequente Erfüllung der Aufgaben des Prisenkommandos immer im Vordergrund. Das hieß der Widerstand, musste rasch unter Kontrolle gebracht werden.

Dies geschah durch Androhung von Gewalt oder direkter Einschüchterung.

Nachdem das Prisenkommando auf dem gekaperten Schiff war, trennte es sich in zwei Gruppen von je drei bis vier Mann.

Die eine Gruppe eilte direkt auf die Brücke, um dem Kapitän des Handelsschiffes zu entwaffnen und die Kontrolle über das Schiff zu übernehmen. Ein Funkspruch wurde an die SMS „Wolf" abgesetzt, um zu bestätigen, dass das Schiff gesichert sei.

Die andere Gruppe suchte die Schiffsräume nach der Ladung ab und stellte sicher, dass keine bewaffnete Gegenwehr drohte.

Besonders wichtig waren wertvolle Ladungen oder Proviant.

Die Mannschaft des gekaperten Schiffes wurde auf das Deck gerufen und unter Bewachung gestellt.

Wenn die Besatzungsmitglieder sich an die Regeln und Anordnungen des Prisenkommandos hielten, konnten sie sich nicht über schlechte Behandlung beklagen. Ihnen wurde lediglich ihre Freiheit genommen und später zur SMS „Wolf" gebracht, um dort weiter festgehalten zu werden.

Abhängig von den Ressourcen und der Situation konnten die Besatzungsmitglieder des Handelsschiffes auf einem kleinen Rettungsboot auch in die Freiheit entlassen werden, wenn sie nicht als strategisch wertvoll erachtet wurden.

Sobald die Mannschaft gefangen genommen und das Schiff gesichert war, begann die eigentliche Plünderung. Nahrungsmittel,

Treibstoff, Ersatzteile und alles von strategischen Wert wurde auf die SMS „*Wolf*" gebracht.

Danach gab es zwei Optionen: Entweder wurde das Handelsschiff, wenn es wertvoll war, als Prise genommen und zum nächsten neutralen Hafen gebracht, oder es wurde mit Sprengstoff in die Luft gesprengt oder versenkt, um keine Spuren zu hinterlassen, sowie das Schiff für den Gegner unbrauchbar zu machen.

So wurden 35 Handelsschiffe und zwei Kriegsschiffe von insgesamt 214.004 Tonnen von der SMS „*Wolf*" zerstört, wobei das Flugzeug ausgezeichnete Dienste leistete.

Nachdem die Operation abgeschlossen war, kehrte das kleine Beiboot mit der gefangenen Besatzung und der wertvollen Fracht zur SMS „*Wolf*" zurück.

Die Männer des Prisenkommandos hatten erneut erfolgreich einen riskanten Einsatz hinter sich gebracht und die Beute für ihre weitere noch lange Fahrt gesichert.

Das Beiboot wurde sofort für einen nächsten Einsatz wieder vorbereitet. Man konnte nicht wissen, was die Zukunft noch bringen würde.

Durch die Nutzung des kleinen Beibootes war das Prisenkommando oft zahlenmäßig unterlegen und musste sich auf ihre Schnelligkeit, Taktik und den Überraschungseffekt verlassen.

Besonders in Situationen, in denen das gegnerische Schiff bewaffnet war, war das Entern mit erheblichem Risiko verbunden.

Gerade diese Flexibilität hatte das Prisenkommando mit ihrem Mut, einer effektiven Planung und strategischen Ausführung die im Vordergrund stand wieder einmal, mit ihrem gewieften und riskanten Kaperangriff bewiesen.

Nach der erfolgreichen Aktion setzte die SMS „*Wolf*" ihre Reise fort, immer auf der Suche nach neuen Zielen.

Sie operierte oft weit weg von den Hauptkampfschauplätzen, in den Weltmeeren, wo die Wahrscheinlichkeit geringer war, auf feindliche Kriegsschiffe zu stoßen.

Durch ihre List und das überraschende Auftreten sorgte die SMS „Wolf" für Angst unter den alliierten Schiffsbesatzungen.

Bild 33: Hilfskreuzer „Wolf", kehrt nach 445-tägiger erfolgreicher Kreuzfahrt in den Kieler Hafen zurück. An Deck das Seeflugzeug „Wölfchen".

Oft kapitulierten Handelsschiffe ohne Gegenwehr, nachdem sie von der SMS „Wolf" gestellt wurden.

Trotz ihrer gefährlichen Mission versuchte die SMS „Wolf" so oft wie möglich, zivile Opfer zu vermeiden. Die Besatzungen der gekaperten Schiffe wurden häufig gut behandelt und teilweise erst nach Monaten freigelassen.

Im Februar 1918 erreichte die SMS „Wolf" nach mehr als etwa 64.000 zurückgelegten Seemeilen die deutschen Gewässer, nachdem sie eine der längsten und erfolgreichsten Kaperfahrten des Ersten Weltkrieges absolviert hatte, und brachte wertvolle Informationen über die Seeverbindungen der Alliierten nach Deutschland zurück.

Sie hatte bei ihren Operationen im Atlantischen Ozean, im Indischen Ozean und im Pazifischen Ozean nicht nur Handelsschiffe versenkt, sondern auch eine erhebliche Menge an wertvollen Waren, darunter Gummi, Kupfer und Zink erbeutet, die für die deutsche Kriegswirtschaft von großer Bedeutung waren.

Die SMS „Wolf" brachte etwa 400 Kriegsgefangene zurück nach Deutschland, diese wurden auf 14 gekaperten Schiffen gefangen genommen.

Die lange und unentdeckte Kaperfahrt der SMS „Wolf" galt als eine der erfolgreichsten Operationen der kaiserlichen Marine.

Gesamterfolg SMS „Wolf":

14 Schiffe mit 38.549 BRT als Prise genommen,
12 Schiffe mit 79.440 BRT sicher durch Minen versenkt,
7 Schiffe mit 75.414 BRT wahrscheinlich durch Minen versenkt,
3 Schiffe mit 20.601 BRT durch Minen schwer beschädigt.

Quelle: Unsere Marine im Weltkrieg 1914-1918.

Die Mannschaft der SMS „Wolf" wurde in Deutschland als Helden gefeiert, und Kapitän Nerger erhielt zahlreiche Auszeichnungen, darunter den *Pour le Mérite*, die höchste preußische Tapferkeitsauszeichnung.

Die SMS „Wolf" zeigte, dass auch unterlegene Seemächte wie das Deutsche Reich, das im Ersten Weltkrieg gegenüber der britischen Royal Navy unterlegen war, durch den Einsatz von Hilfskreuzern, auch wenn sie Piratenfahrten ähnelten, empfindliche Schläge gegen die feindliche Handelsschifffahrt führen konnten.

Die Kaperfahrten der SMS „Wolf" waren psychologisch und wirtschaftlich ein Erfolg, auch wenn sie letztlich den Ausgang des Krieges nicht beeinflussen konnten.

Die SMS „Wolf" bleibt ein Symbol für Effizienz und die Taktik der deutschen Hilfskreuzer während des Ersten Weltkrieges, die durch ihre Mobilität und den Überraschungseffekt trotz der überlegenen Seemacht der Alliierten erhebliche Schäden anrichten konnte.

Für den Rest des Krieges wurde das Schiff in der Ostsee eingesetzt und überstand selbst den Krieg, wurde jedoch nach dem Kriegsende an Frankreich übergeben und an die Compagnie des Messageries Maritimes of Paris verkauft, umgebaut und in „Antinose" umbenannt.

Um letztendlich 1931 in Italien verschrottet zu werden.

10.

Ein Seegefecht mit einem U-Boot im Ersten Weltkrieg unterschied sich stark von klassischen Gefechten zwischen Kriegsschiffen an der Meeresoberfläche. U-Boote operierten weitgehend aus dem Verborgenen und nutzten ihre Fähigkeit zum Tauchen, um Überraschungsangriffe durchzuführen.

Der U-Boot-Krieg im Ersten Weltkrieg hatte weitreichende politische, militärische und wirtschaftliche Auswirkungen.

Das erste militärische brauchbare U-Boot wurde zu Beginn des 20. Jahrhunderts gebaut. Es war ein Zweihüllenboot, das in seinem druckfesten zylindrischen Körper alle lebenswichtigen Teile wie Führung, Antrieb und Bewaffnung aufnahm, während die dünne Außenhülle ihm eine günstige Verdrängungsform gab. Zwischen druckfesten Körper und Außenhülle waren die Tauchtanks angebracht. Angetrieben wurden die ersten U-Boote in der Überwasserfahrt durch einen Petroleummotor und in der Unterwasserfahrt durch aus Akkumulatoren gespeisten Elektromotoren. Außer an der Antriebsanlage, wo bald der Dieselmotor den Booten die notwendige Seeausdauer gab, war das U-Boot vor allem in seiner Tauchfähigkeit ständig verbessert worden.

Die U-Boote des Ersten Weltkrieges waren bis zu einer Tauchtiefe von fünfzig bis einhundert Metern zu gelassen.

Die U-Boote der Vorkriegsserie, „U-9" bis „U-12", verdrängten über Wasser 493 Tonnen und unter Wasser 611 Tonnen. Sie waren

57 Meter lang, 6 Meter breit und hatten einen Tiefgang von 3,1 Metern. Über Wasser liefen sie 14,2 und unter Wasser 8,1 Knoten. Ihre größte Tauchtiefe waren 50 Meter und ihre Aktionsweite 3.250 Seemeilen. Bewaffnet waren die Boote mit vier Torpedorohren und einer 50-mm-Kanone.

Bild 34: Deutsches U-Boot vom Typ „UC-I", eingesetzt ab 1915.

Die deutsche Marine setzte U-Boote ein, um Handelsschiffe der Alliierten, vor allem Großbritanniens, zu versenken. Dadurch sollte die Versorgungslage verschärft und die britische Kriegsführung geschwächt werden.

U-Boote patrouillierten oft in Gewässern, wo mit hoher Wahrscheinlichkeit feindliche Handelsschiffe oder Kriegsschiffe unterwegs waren. Dies geschah beispielsweise im Ärmelkanal oder im Atlantik.

Sobald der Ausguck des U-Bootes ein Ziel sichtete (oft mit einem Periskop), begann das U-Boot langsam und unauffällig die Annäherung. Da die U-Boote relativ langsam waren, war eine präzise Planung nötig, um das Schiff in Reichweite der Torpedos zu bekommen.

Der Kapitän musste entscheiden, ob ein Angriff aus der aufgetauchten Position erfolgen oder ob das U-Boot tauchen sollte, um unentdeckt zu bleiben.

Oft wurden U-Boote bei Tag und klarer Sicht getaucht, während bei Nacht Angriffe auch über Wasser erfolgen konnte.

Der Hauptangriff erfolgte durch den Abschuss von Torpedos. Diese Unterwasserwaffen hatten eine Reichweite von mehreren Kilometern und konnten verheerende Schäden an Schiffen verursachen.

Bild 35: Deutsches U-Boot torpediert britisches Schiff.

Das U-Boot musste dabei eine gute Position finden, um einen günstigen Winkel zu bekommen, da Torpedos keine Lenksysteme hatten und gerade aus liefen. Häufig wurden mehrere Torpedos in kürzeren Abständen abgeschossen, um die Trefferwahrscheinlichkeit zu erhöhen.

Ein erfolgreicher Torpedotreffer konnte Kriegs- und Handelsschiffe schnell versenken, vor allem, wenn es zu Explosionen im Laderaum oder am Treibstofftank kam.

Nach einem Torpedoangriff tauchten die U-Boote oft ab, um einer möglichen Gegenwehr zu entkommen.

Wenn das Ziel ein Handelsschiff war, gab es keine direkte Gegenwehr, doch bei militärisch bewachten Konvois bestand die Gefahr eines Gegenschlages.

Kriegsschiffe, besonders Zerstörer, waren mit Wasserbomben ausgestattet, die sie über Bord warfen, um getauchte U-Boote zu jagen.

Diese Wasserbomben explodierten in bestimmten Tiefen und erzeugten Druckwellen, die U-Boote beschädigen oder zerstören konnten.

Daher war es für die U-Boot-Kommandanten essenziell, nach einem Angriff schnell und tief genug zu tauchen, um nicht entdeckt zu werden.

Wenn der Treibstoff oder die Torpedos knapp wurden oder das Ziel als zu „*unbedeutend*" für ein Torpedoangriff galt, setzten U-Boote auch ihre Bordkanone ein. Diese war an Deck montiert und konnte aus der aufgetauchten Position genutzt werden, um auf Handelsschiffe zu feuern.

Dies kam vor allem in den ersten Kriegsjahren häufiger vor.

Nachdem das gegnerische Schiff beschädigt war, wurde zuweilen die Besatzung aufgefordert, das Schiff zu verlassen, bevor es endgültig versenkt wurde.

Inzwischen trat der Krieg in sein drittes Jahr ein, das Sterben in den Schützengräben ging weiter, ohne dass sich an der Front eine Entscheidung anbahnte.

Vor diesem Hintergrund schien der U-Boot-Krieg den Deutschen eine letzte Möglichkeit zu sein den Sieg zu erzwingen.

Laut Prisenordnung musste ein Handelsschiff auch von einem U-Boote angehalten und nach Konterbande, also Kriegsbedarf, durchsucht werden.

Das Versenken eines Handelsschiffes ohne Vorwarnung und ohne Rettungsmaßnahmen für die Passagiere war völkerrechtlich unzulässig.

Ganz anders wurde durch die deutschen Unterseeboote verfahren.

Indem U-Boote auch Schiffe von neutralen Staaten angriffen, die die Blockade durchbrachen und Handel mit Großbritannien betrieben, sollte verhindert werden, dass diese Länder weiterhin die Kriegsgegner Deutschlands unterstützten.

Gerade in der verdeckten angriffsweise lag die Stärke der an der Oberfläche höchst verwundbaren Unterseeboote.

Der Krieg sah den Einsatz neuer Technologien wie U-Boote, Torpedos und Segelflugzeuge vor, die später die Grundlage für eine moderne Seekriegsführung bildeten.

Auf der Seite der Alliierten wurden neue Strategien entwickelt, um U-Boote zu bekämpfen, darunter die Einführung der Geleitzüge unter militärischen Schutz zu stellen. Diese Konvois wurden von Zerstörern begleitet, die speziell dafür ausgerüstet waren, U-Boote aufzuspüren und zu bekämpfen.

Die Geleitzüge erschwerten es den U-Booten, an die Frachtschiffe heranzukommen, da sie oft von den Zerstörern vertrieben oder direkt angegriffen wurden.

Zu Beginn des Krieges setzten U-Boote überwiegend auf ihre periskopischen Sichtgeräte und rein akustische Methoden (das Lauschen auf feindliche Schiffe) sowie auf ihre Navigation und die Information, die sie über Sichtverhältnisse und Wasserströmungen hatten.

Das bedeutete, dass das Aufspüren von Zielen eine Mischung aus Erfahrung, Glück und strategischem Planen war.

Die eigentliche Verbesserung der Sonartechnologie begann mit der Entwicklung von Sonar, damals „ASDIC", erst gegen Ende des Ersten Weltkrieges.

In dieser Phase wurde begonnen, primitive Sonargeräte zu entwickeln, die auf dem Prinzip der Schallwellen basierten. Schallwellen wurden ausgesendet, und ihre Reflexion von Objekten unter Wasser konnten empfangen und analysiert werden.

Jedoch wurde diese Technologie zu spät im Krieg entwickelt, um einen bedeutenden Einfluss auf die Schlachten des Ersten Weltkrieges zu haben.

Die U-Boote des Ersten Weltkrieges waren also noch stark von Sichtverhältnissen und der Kunst der Navigation abhängig.

Deutschland verkündete 1915 den uneingeschränkten U-Boot-Krieg und erklärte vor allem die Gewässer um die Britischen Inseln zum Sperrgebiet, in dem jedes Handelsschiff ohne Warnung versenkt wurde. Das Ziel bestand darin, die Nachschubwege der Alliierten zu unterbrechen.

Der Druck auf die Alliierten, insbesondere Großbritanniens sollte so weit erhöht werden, dass sie gezwungen würden, Frieden zu schließen.

Dies führte jedoch zu Spannungen, insbesondere mit den USA. Im Herbst 1916 wurde diese Frage in der deutschen Öffentlichkeit kontrovers diskutiert.

Die Marine und die Oberste Heeresleitung setzten sich durch.

Die U-Boote setzten auf den Überraschungseffekt und die Angst, die sie in den Handelsrouten auslösten.

Für die Schiffsbesatzungen war die Bedrohung allgegenwärtig, da ein Angriff oft ohne Vorwarnung erfolgte und katastrophal enden konnte.

Strategisch gesehen zielten die U-Boote darauf ab, die Nachschublinien der Alliierten abzuschneiden und Großbritannien wirtschaftlich in die Knie zu zwingen.

Die deutschen U-Boote versenkten Handelsschiffe, die dringend benötigte Güter wie Lebensmittel, Rohstoffe und militärische Ausrüstungen nach Großbritannien und Frankreich brachten.

Der verzweifelte Versuch, mit dem uneingeschränkten U-Boot-Handelskrieg ab Februar 1917 den Krieg zugunsten Deutschlands zu entscheiden, blieb erfolglos.

Er hatte zwar militärische Erfolge, führte aber zu politisch negativen Folgen.

Der deutsche Admiralsstab versprach, wenn er im Sperrgebiet vor den europäischen Küsten alle Transporte versenken dürfe, die Gegner in fünf Monaten friedensbereit zu machen.

Die deutschen U-Boote versenkten auch wirklich in den ersten sechs Monaten die geplante Frachttonnage von monatlich 600.000 Bruttoregistertonnen.

Aber damit wurde nicht der Krieg gewonnen.

Als Antwort auf den verstärkten Einsatz der deutschen U-Boote baute die britische Flotte eine systematische U-Boot-Abwehr auf und organisierte ein Geleitzugsystem für ihre Transportschiffe.

Die Schiffsverluste der Entente-Mächte sanken bedeutend und wurden bis zum Kriegsende durch Schiffsneubauten und durch gecharterte neutrale Schiffe fast wieder ausgeglichen.

Eine weitere entscheidende Entwicklung war die sogenannte Zimmermann-Depesche, ein geheimes Telegramm, das von Deutschland an Mexiko gesendet wurde.

Darin wurde Mexiko ermutigt, den USA den Krieg zu erklären, falls die Vereinigten Staaten in den Ersten Weltkrieg eintreten würden. Im Gegenzug versprach Deutschland Mexiko zu unterstützen, um die verlorenen Gebiete in Texas, New Mexiko und Arizona zurückzuerobern.

Als Washington offiziell von diesem Schritt unterrichtet wurde, brach die USA sofort alle diplomatischen Beziehungen zu Berlin ab.

Präsident Woodrow Wilson erklärte dem Kongress vom 2. April 1917, dass die Vereinigten Staaten nach langem Zögern und einer Politik der Neutralität keine andere Wahl mehr hätten, aufgrund des Kriegsverhaltens der Deutschen diesen entgegenzutreten.

Wilson appellierte an den Kongress, dass dies nicht nur ein Krieg für Amerika sei, sondern ein Krieg für die gesamte Menschheit, um die Demokratie zu verteidigen und gegen die autokratischen Mächte vorzugehen, die Freiheit und Gerechtigkeit bedrohten.

<u>Wichtiger Ausschnitt aus der Rede (übersetzt):</u>
„Es gibt kein anderes Geschäft für die Vereinigten Staaten als den Krieg zu beenden. Die Welt muss für die Demokratie sicher gemacht werden. Ihr Frieden muss auf dem getesteten Fundament politischer Freiheit ruhen. Wir haben es nicht mit den deutschen Menschen zu tun. Wir haben es mit einer verantwortungslosen Regierung zu tun, die sich gegen das Wohl der Menschheit gestellt hat."

<u>Quelle:</u> Rede kann in englischer Sprache in den Nationalarchiven der USA oder in der Library of Congress eingesehen werden.

Nach der Abstimmung im US-Kongress in Washington, D. C. erklärte Präsident Wilson am 06. April 1917 dem Deutschen Reich den Krieg. Es sollte noch einige Monate dauern, bis die amerikanische Rüstungsindustrie auf vollen Touren lief, und erst am 28. Mai 1918 griff die erste US-Davison in die Kämpfe ein.

Mit der zunehmenden Beteiligung der USA ab April 1917 verschlechterte sich die Lage für die deutsche Kriegsmarine weiter. Obwohl die U-Boote eine entscheidende Rolle in der Kriegsführung spielten, auch wenn ihre direkte Kampfkraft im Vergleich zu großen Kriegsschiffen begrenzt war, konnte das Blatt nicht mehr zugunsten Deutschlands gewendet werden.

Von allen vernichteten Linienschiffen, Schlachtkreuzern, Kreuzern, Zerstörern und Torpedobooten sowie U-Booten, deren Vernichtungsursachen eindeutig geklärt sind, wurden im Ersten Weltkrieg versenkt durch:

* Artillerie: *84 Schiffe - 19 Prozent der vernichteten Schiffe.*
* Torpedos: *106 Schiffe - 24 Prozent der vernichtenden Schiffe.*
* Minen: *180 Schiffe - 40 Prozent der vernichtenden Schiffe.*
* U-Boot - Abwehrwaffen: *64 Schiffe - 14 Prozent der vernichteten Schiffe.*
* Flugzeugbomben: *13 Schiffe - 3 Prozent der vernichteten Schiffe.*

Quelle: KI / cat.openai.

11.

In einer dunklen Herbstnacht lag das Boot „*U-9*" an der holländischen Küste auf dem Grund des Meeres. Als der Tag kam, tauchte es auf und fuhr gegen England auf der Suche nach feindlichen Schiffen.

Die Schiffsmotoren rasselten und qualmten.

Der Turm ragte über die Wogen des Meeres hinaus.

Auf dem Turm standen ein Offizier und ein Maat und suchten mit ihren Ferngläsern den Horizont nach feindlichen Schiffen ab.

Es war der 22. September 1914, da glitt das U-Boot bei Überwasserfahrt immer weiter auf die englische Küste zu.

Der Kommandant schritt auf der metallenen Oberfläche des kleinen Schiffes hin und her.

Blickte über das weite Meer.

Blieb hin und wieder am Turm stehen und rief dann zu den beiden Beobachtern hinauf: „Gibt es etwas Besonderes? Habt ihr schon gegnerische Schiffe gesichtet?"

„Nein! Noch nichts zu sehen!", kam jedes Mal die Antwort.

Hohe Seestiefel trug der Kommandant bei seiner Wanderung über die leicht gewölbte Bordfläche des kleinen U-Bootes.

Unten in der Kombüse brühte der Koch soeben den Kaffee auf.

Von dem kalten Morgenwind waren dem Kommandanten trotz der Bewegung die Beine steif geworden. Er ging zur eisernen Leiter, die in das Innere des Bootes führte, und wollte seinen Kaffee trinken.

<u>Bild 36:</u> Deutsches U-Boot bei grober See unter Helgoland.

„Rauchwolken voraus in Sicht!", ertönte in diesem Moment der Ruf vom Turm.

Der Kommandant erschien wie ein geölter Blitz im Ausguck des Turmes.

Dem U-Boot näherte sich eine Rauchwolke.

Hohe Masten ragten auf.

Es waren englische Kriegsschiffe zu erkennen.

„Sofort tauchen!", ertönte der Befehl des Kommandanten mit scharfer Stimme.

Jeder rannte auf seinen Platz.

Die Luken wurden geschlossen.

Das Wasser stürzte in die geöffneten Tanks.

Diese mussten nämlich gefüllt werden, damit das U-Boot tauchen konnte.

Das U-Boot sank in die Tiefe hinab.

Nur noch das elektrische Licht, leuchtete der Mannschaft.

Die Tiefenuhr zeigte zehn Meter unter Wasser.

„Sehrohr ausfahren!", befahl der Kommandant.

Jetzt erhob sich das Sehrohr über die Oberfläche des Wassers.

Der Kommandant schaute durch die Linse.

Das Sonnenlicht blendete ihn zuerst. Dann sah er drei englische Panzerkreuzer. Jeder war mit Furcht einflößenden Geschützen bestückt.

Das U-Boot dagegen war ein Zwerg.

Die feindlichen Riesen sollten dennoch angegriffen werden.

„Alle Torpedos klar zum Schuss!"

„Torpedos klar!" kam nach kurzer Zeit die Meldung der Bedienungsmannschaft.

„Achtung!"

„Torpedoschuss!"

Der Kommandant sah durch das Sehrohr einen englischen Kreuzer dicht vor sich, auf ein paar Hundert Meter.

„Los!"

Das Boot erzitterte.

Der Torpedo schoss aus dem Rohr.

Zog seine Bahn durch das Wasser in Richtung des anvisierten Zieles.

Hartes Krachen voraus, wie wenn der Schmiedehammer auf die Eisenplatte schlug.

Getroffen der erste feindliche Panzerkreuzer.

Er legte sich auf die Seite und versank binnen weniger Minuten in die Tiefe des Meeres.

Schon kamen die beiden anderen Kreuzer herbei, um ihre Kameraden zu helfen.

Das Gleiche geschah dann mit dem zweiten Panzerkreuzer.

Der Torpedo hatte die Panzerplatte des Kreuzers gesprengt und ein gewaltiges Loch in seinen Rumpf gerissen.

Das mächtige Schiff sank.

„Hurra!" ging aus allen Kehlen ein Schrei durch das U-Boot.

Der Kommandant stand immer noch am Sehrohr.

Er eröffnete auch auf den dritten Kreuzer mit den Torpedos das Feuer.

Bild 37: Deutsches U-Boot im Kampf gegen drei britische Panzerkreuzer.

Mit dem letzten Torpedo versenkte der Kommandant mit seiner Besatzung auch noch den Dritten.

Innerhalb einer Stunde hatte der Kapitänleutnant mit seinem U-Boot drei britische Panzerkreuzer versenkt. Es waren der HMS „Aboukir", der HMS „Hogue" und der HMS „Cressy".

Die Versenkung dieser drei Kreuzer führte zum Verlust von über 1.400 britischen Seeleuten und löste einen Schock in Großbritannien aus.

Diese Schiffe, der britischen Marine waren ein Teil der sogenannten *„Live Bait Squadron"*, die für Patrouillen und Sicherungsaufgaben eingesetzt wurden.

Die Engländer wussten nicht, was ihnen geschah.

Zu spät begriffen sie, dass ein deutsches Tauchboot ihnen drei große Panzerkreuzer weggeschossen hatte.

Da rasten ihre schnellen Zerstörer heran.

Windhunde auf dem Meer genannt.

Sie jagten das deutsche Tauchboot den ganzen Tag. Wenn sie glaubten, es schon zu haben, tauchte das U-Boot.

Dann konnten sie suchen, bis es in der Ferne wieder emporkam.

Es entwickelte sich eine Jagd auf Tod und Leben.

Der Kommandant des Bootes war ein kluger Mensch und rasch bei seinen Entscheidungen.

Das Tauchboot *„U-9"* entkam seinen Feinden, wie der schnelle Hirsch den Hund und fuhr stolz in seinen Heimathafen ein.

„U-9" und sein Kommandant wurden nach der Versenkung der britischen Kreuzer in Deutschland als Helden gefeiert.

Es war ein großer Propagandaerfolg für die kaiserliche Marine und unterstrich die Bedeutung der U-Boot-Waffe im Seekrieg.

Gleichzeitig veränderte diese Aktion die Strategie der britischen Marine, die danach mehr Wert auf die U-Boot-Abwehr legte.

Dieser Erfolg zeigte, wie gefährlich U-Boote für die traditionelle Marine waren und trug dazu bei, den Ruf von U-Booten als effektive Waffe des Seekrieges zu festigen.

„U-9" war auch nach diesem Ereignis weiterhin im Einsatz und erzielte weitere Erfolge. Insgesamt wurden von *„U-9"* etwa 14 Schiffe mit einem Gesamtgewicht von über 25.000 BRT (Bruttoregistertonnen) versenkt.

Dies machte das Boot zu einem der erfolgreichsten U-Boote der deutschen Flotte.

Das Schicksal von „U-9" selbst war jedoch unspektakulär. Es überlebte den Krieg und wurde nach dem Kriegsende 1918 als Teil der Friedensvereinbarungen außer Dienst gestellt und schließlich abgewrackt.

Der Einsatz von „U-9" unterstreicht die revolutionäre Rolle der U-Boote im Ersten Weltkrieg und die zunehmende Bedeutung der Unterseewaffe in der Seekriegsführung, die bis zum Zweiten Weltkrieg noch stärker in den Vordergrund rückte.

12.

„U-39" wurde 1914 in Dienst gestellt und war Teil der ersten U-Boot-Flotte der kaiserlichen Marine. Ihr Haupteinsatzgebiet war das Mittelmeer, wo es zahlreiche alliierte Handelsschiffe angriff.

Im Laufe seiner Dienstzeit operierte es unter dem Kommando von mehreren Kapitänen.

Die erste Versenkung erfolgte am 1. Mai 1915, als „U-39" in der Nordsee den norwegischen Frachter „Balduin" mit einer Holzladung nach England versenkte.

Am 10. Mai 1915 beschlagnahmte der U-Boot-Kommandant den kleinen dänischen Dampfer „Olga" als Prise, der aber später an den dänischen Eigentümer zurückgegeben wurde.

Am 3. Juli 1915 erfolgte die zweiundzwanzigste und letzte Versenkung vor der Verlegung zur U-Flottille Pola ins Mittelmeer mit dem Dampfer „Renfrew".

Unter dem ersten Kommandanten führte die „U-39" ab 1915 eine Reihe erfolgreicher Einsätze im Mittelmeer durch, wo es besonders gegen Handelsschiffe und militärische Transporte vorging.

„U-39" versenkte im Laufe des Krieges über 150.000 Bruttoregistertonnen an feindlichen Schiffen.

Bild 38: U-Boot der kaiserlichen Marine, das 1914 in Dienst gestellt wurde.

Im Dezember 1915 nahm „*U-39*" das als Transport-U-Boot ein-
gesetzte „*UC-12*" in Schlepp und brachte es sicher vor die nordaf-
rikanische Küste.

Zu den wichtigsten Erfolgen von „*U-39*" zählten die Versenkung vieler größerer Handelsschiffe und Frachter, die die Versorgungslinien der Alliierten trafen. Dazu zählte auch die Versenkung
des französischen Kreuzers „*Admiral Charner*" am 8. Februar
1916.

Am Morgen, des 6. Juni 1916 lief „*U-39*" wieder in die Bucht
von Kattaro ein und machte an dem Wohnschiff „*Gäa*" fest.

„17 Dampfer und 4 Segler versenkt und die Hochofenanlage
von Portoferraio beschossen", so lautete die Meldung an die ferne
deutsche Heimat.

Kurze Rast.

Dann ging es auch schon wieder hinaus.

Wie schnell man sich schon nach den sorglosen Hafentagen an
den Ernst des Krieges gewöhnte, an das scharfe, anstrengende
Aufpassen auf der Brücke, den Höllenlärm im Maschinenraum

und das enge Zusammenleben von Vorgesetzten und Unterstellten in den engen Räumen des U-Bootes.

Bald steckten alle wieder tief in Dreck und Öl.

Was sollte man auch machen, es ging eben nicht anders und war auch nicht zu ändern.

Im Juli 1916 wurde eine kleine deutsch-türkische Landungsgruppe nach Nordafrika gebracht.

Eine weitere Afrikafahrt mit Nachschubgütern folgte im Oktober 1916. Auf dem Rückweg wurde der Leichnam von Otto-Felix Mannesmann nach Cattaro überführt.

Am 25. Januar 1917 versenkte „U-39" den französischen Truppentransporter „Admiral Margon", der sich mit 900 Soldaten an Bord auf den Weg nach Saloniki befand, südwestlich der Peloponnes. 211 Mann ertranken, 809 Mann konnten von dem französischen Begleitschiff gerettet werden.

Am 15. Februar 1917 wurde dann der italienische Truppentransporter „Mina" vor Kap Matapan versenkt, mit dem 870 Mann ertranken.

Im ersten Halbjahr 1917 fuhr der spätere Theologe und Widerstandskämpfer Martin Niemöller als Steuermann auf „U-39" mit.

Im gleichen Jahr befand sich auch der spätere Großadmiral Karl Dönitz als Wachoffizier an Bord. Auf „U-39" nahm Dönitz insgesamt an fünf Feindfahrten teil, bis er im Dezember 1917 von Bord ging, um sich auf ein eigenes Kommando vorzubereiten.

Am 27. April startete „U-39" von Pola aus eine Operation im westlichen Mittelmeer. Als Beobachter an Bord war auch der spätere Admiral der Kriegsmarine Otto Feige.

Am 17. Mai 1918 griff „U-39" gemeinsam mit „UB-50" einen Geleitzug nördlich von Oran an. Dabei wurde der britische Frachter „Sculptor" versenkt.

Auf der See war nicht allzu viel los, doch wurde täglich ein Dampfer oder Segler mit wertvoller Ladung in die Tiefe geschickt.

Eines Tages lag das U-Boot an einem Vormittag bei völliger Windstille und glatter See im Atlantik, etwa 60 Seemeilen westlich

von Gibraltar, als der Mastenwald eines Geleitzuges am östlichen
Horizont in Sicht kommt.

Bild 39: Wrack, das von U-39 torpedierten „*Norsemann*", die auf den Strand gesetzt wurde (1916).

Sofort wurde getaucht und Kurs auf den Geleitzug genommen.

Allmählich entwirrt sich für den Kapitänleutnant das Bild im
Sehrohr. Er erkannte zwölf Dampfer in drei Reihen zu je vier Fahr-
zeugen, gesichert durch zahlreiche Torpedoboote und Wachfahr-
zeuge, die wie Schäferhunde die Herde umkreisten.

Den Unterwasserangriff beschloss er auf das erste Schiff der
dem U-Boot am nächsten stehenden Dampferreihe zu führen.

Ihm war allerdings klar, dass bei den für einen U-Bootangriff
so ungünstigen Witterungsverhältnissen der Angriff sehr schwierig sein würde.

Doch, wie immer, vertraute er auf sein Glück und näherte sich
mit dem U-Boot, allerdings sehr vorsichtig, mit ganz geringer Geschwindigkeit, auf Schleichfahrt, äußerst selten das verräterische
Sehrohr für Sekunden zeigend, dem Geleitzug.

Als das U-Boot 800 m von dem Spitzendampfer entfernt war, das Sehrohr ausfahrend, beobachtete er, dass das Angriffsziel ein leerer, hoch aus dem Wasser ragender Tankdampfer war.

„Sehrohr ein!"

Knarrend fuhr der Sehrohrmotor, das Auge des U-Bootes, die lange Stahlstange ein.

„Der lohnt sich nicht!", überlegte der Kapitänleutnant. Er entschloss sich, den Kurs um wenige Grade zu ändern und zum Angriff auf den Bug des nächsten Dampfers, der schwer beladen war, überzugehen.

Diesen Entschluss sollte er noch schwer bereuen.

Als er wenige Augenblicke später auf etwa 500 m Entfernung, kurz vor dem Schuss, das Sehrohr wieder ausfuhr, sah er zu seinem Entsetzen, dass dieser Dampfer aus der Linie heraus hart auf das U-Boot zugedreht hatte.

„Er hat uns gesehen, will uns rammen!" fuhr es ihm blitzschnell durch den Kopf.

„Beide Maschinen äußerste Kraft voraus, auf 30 m gehen!", kam sofort sein Befehl.

Es war zu spät!

Es dauerte zu lange, bis das U-Boot die benötigte hohe Fahrt aufnahm, um dann unter dem Druck der Tiefenruder und der Maschinenkraft in der rettenden Tiefe zu verschwinden.

Plötzlich ein heftiger Stoß!

Ein Dröhnen im Boot, dass allen fast die Sinne schwanden.

Der große, schwere Dampfer rammte das kleine U-Boot vor der vorderen Luke, drückte es vorne tief herunter und legte es gleichzeitig um 20 Grad auf die Seite, indem er in einem spitzen Winkel über das Boot hinweg fuhr.

Es erwischte das schwere Geschütz, indem es umgerissen wurde und krachend an Deck schlug.

Hart wurde dann der Turm des U-Bootes getroffen.

Die drei Besatzungsmitglieder, die sich in diesem Moment im Turm des Bootes befanden, wurden gegen die Bordwand geschleudert.

Im ersten Moment des Schreckens, der sie durchfuhr, dachten sie nur noch daran, dass ein jetzt folgender Wassereinbruch ihr Leben ein Ende setzen würde.

Das Boot blieb dicht!

Wie ein Wunder.

Das Boot erreichte die notwendige Tiefe.

Die Besatzung atmete auf.

Ein Gang durch das U-Boot überzeugte den Kapitänleutnant, dass nur einige Nieten am Geschützunterbau und am Turm ein wenig Wasser durchließen.

Dank der vorzüglichen Eisenhaut waren sie heil davongekommen.

Der Kapitänleutnant sah in die Augen seiner Leute.

Er war ihnen dankbar und auch auf sie stolz.

„Im Felde machts einer nicht allein, es müssen alle beisammen sein!", ging es ihm dabei durch den Kopf.

Kein Aufschrei, keine Unruhe der in vielen Kriegsgefahren zusammengeschweißten Besatzung war bei dem furchtbaren Zusammenprall zu ihm in den Turm heraufgedrungen.

Der leitende Ingenieur meldete: „Kein Mann hat seine Tauchstation verlassen und jeder handelte befehlsgemäß."

Es geht nichts über eiserne Disziplin und Vertrauen zum Kommandanten.

Als die Nervenanspannung nachgelassen hatte, ging das U-Boot wieder auf 10 m Tiefe, um mit einem Rundblick, durch das Sehrohr die Lage zu klären.

Aber die Motoren, welche das Sehrohr heben und senken sollten, rührten sich nicht.

Angestrengt wurde an der Bordwand gehorcht, ob etwa Schraubengeräusche die Nähe des Gegners verrieten.

Bild 40: Transport-U-Boot.

Das U-Boot blieb noch zwei Stunden unter Wasser, dann wurde auf gut Glück aufgetaucht.

Ein Ruck, die Wasseroberfläche war erreicht.

Der Kapitänleutnant stieß die Turmluke auf und überzeugte sich mit einem schnellen Rundblick, dass die See frei war.

Am westlichen Horizont nur schwache Rauchfahnen des Geleitzuges.

Aber wie sah das Oberdeck des U-Bootes aus?

Das Geschütz lag umgestürzt auf dem Deck.

Auf dem Turm ein wüstes Trümmerfeld.

Lichtkompass und das halb eingefahrene Sehrohr waren wie Streichhölzer geknickt.

Das zweite Sehrohr verbogen.

Was war jetzt zu tun?

Konnte dieses Wagnis ergriffen werden, ohne Sehrohr die weite Heimfahrt anzutreten, oder sollten sie sich in den neutralen spanischen Hafen Cádiz für den Rest des Krieges internieren lassen?

Weit wurde dieser Gedanke von dem Kapitänleutnant zurückgewiesen. Allerdings war er sich auch klar darüber, dass sie wehrlos waren, weder Geschütz noch Torpedo gebrauchen konnten.

Das U-Boot machte sich auf seine Rückfahrt zum heimatlichen Hafen in der Straße von Sizilien.

Und dann, es war ein Nachmittag, der nicht wie alle anderen sein sollte.

Herrliches Wetter!

Sonnenschein, klare Luft, kein Lüftchen auf dem Wasser und tiefe Stille ringsum.

Jedes, der Besatzungsmitglieder döste ein wenig vor sich hin, wer sollte sie auch hier überraschen.

An Deck ein Dutzend Leute, schlafend oder lesend, sorglos und ahnungslos.

Die Sonne brannte heiß und bräunte alle Gesichter, dass sie wie Kaffee glänzten.

„Nanu", stutzte auf einmal der Ingenieur auf dem Achterdeck und unterbracht seinen Spaziergang.

Jetzt rannte er zum Kapitänleutnant auf die Brücke und rief erregt: „Zwei Flieger achteraus!"

Wirklich, da waren sie, die verwünschten gelben Vögel, knapp 2.000 m hinter dem Heck.

„Auf Tauchstation!"

Die Flugzeuge wurden beim Näherkommen größer und größer.

Zorniges Brummen war zu hören.

Allerhöchste Zeit zum Tauchen.

Wie schnell die Leute doch von Deck jumpen konnten.

Gottlob, alle Mann waren zunächst unter Deck.

Wenig Zeit blieb zum Tauchen, denn was waren 2.000 m für ein Flugzeug?

Ein Katzensprung!

Die Tiefenruder lagen hart an, das Boot begann schon vorlastig zu werden, das Deck wurde überflutet.

Doch was geschah da?

Gepolter?

„Man wird doch nicht …?"

Jetzt klang es wie Hämmern, nochmals deutlich und immer, immer wieder.

Donnerwetter, ein Mann war auf dem Turm des U-Bootes und pochte um Einlass!

Was nun?

Sollte er den Mann aufgeben oder trotz der großen Fliegergefahr auftauchen?

„Schnell auftauchen! Pressluft in die Tauchtanks!" brüllte der Kapitänleutnant durch den Schalltrichter in der Kommandozentrale.

Komme, was da kommen mag, der Mann sollte nicht in Stich gelassen werden.

Schon wurde das Klopfen schwächer.

Seltener.

Brach plötzlich ab.

Die Turmdecke musste bereits überflutet sein.

Hoffentlich hielt er sich am Sehrohr fest.

Langsam stieg das U-Boot unter dem Druck der Pressluft.

Da war es wieder oben.

„Das Turmluk auf!", befahl der Kapitänleutnant.

Herein stürzte in einem dichten Schwall abfließenden Wassers, der Heizer des U-Bootes mehr tot als lebendig.

„Turmluke dich! Auf Tiefe gehen!"

„Zwei Flieger, zwei Flieger dicht, ganz dicht über uns!", schrie atemlos der Unglücksrabe, und dann war er auch schon zwischen den Beinen des Kapitänleutnants hindurch zur Zentrale hinab verschwunden.

„Nur Ruhe!"

Mit aufmerksamen Blick schielte der Kommandant des U-Bootes zum Tiefenmanometer.

Noch war das Schiff halb aus dem Wasser, da krachte es unangenehm scharf.

Im gleichen Augenblick zuckte es in dem großen Zeiger des Tiefenmanometers.

8 ... 10 ... 12 ... m zeigte er an.

Auf 15 m ein dumpfer Knall.

Zum zweiten Mal vorbei!

Die Besatzung des U-Bootes wagte es, an ihren Glücksstern zu glauben.

Sehr schlecht warfen die gegnerischen Flieger ihre Bomben. Und sehr langsam, als wenn sie sich gegenseitig behinderten.

Auf 30 m fiel die dritte Bombe.

Es hörte sich aber weit schwächer, entfernter an.

Dann Ruhe.

Das Spiel war vorbei.

Auf „U-39" war noch alle heil beisammen.

Keiner fehlte.

Bild 41: Versenkung der britischen Sloop „*Candytuft*" der Flower-Klasse durch „*U-39*"(1917).

Der Kapitänleutnant wandte sich an den Geretteten: „Nun sagen Sie mir bloß mal, wie ist es möglich, dass Sie das Kommando ‚Auf Tauchstation!' überhörten?"

„Ich habe an Deck fest geschlafen, Herr Kapitänleutnant, und bin erst aufgesprungen, als mich die Propellergeräusche der Flugzeuge weckten."

„Und was dann?"

„Ich sah das Wasser steigen. Kein Mensch an Deck war mehr zu sehen. Alle Luken geschlossen. Da war mir plötzlich klar, es wird getaucht. In meiner Todesangst sprang ich auf den Turm und bearbeitete mit meinen Stiefeln das Turmluk. Ich hielt mich am Sehrohr fest. Da stieg das Boot wieder empor."

Zwei Schnäpse brachten den Helden schnell wieder ins Gleichgewicht.

Der arme Kerl, dessen Leben vor Minuten an einem seidenen Faden hing, tat jedem leid.

Selbst die größten Maulhelden schwiegen sich über das Erlebte aus.

Die ganze Geschichte kam ihnen unbehaglich vor.

Ja, jede Kugel traf keinesfalls.

Warum aber trafen die Bomben der gegnerischen Flugzeuge das deutsche U-Boot nicht?

Wahrscheinlich hatten die Flieger das durch den Ramm Stoß des Dampfers verbogene Sehrohr für ein Geschützrohr, den einzelnen Mann auf dem Turm aber für den Geschützführer gehalten und vor dieser vermeintlichen Flugzeugabwehrkanone abgedreht.

Der Kapitänleutnant ordnete an, Kurs auf den nächstgelegenen spanischen Hafen Cartagena zu nehmen.

Ein weiterer Angriff von Flugzeugen konnte durch das Deckgeschütz und Maschinengewehr abgewehrt werden.

Allerdings gingen dabei zwei Besatzungsmitglieder des U-Bootes über Bord.

Am Abend des 18. Mai 1918 erreichte „U-39" den Hafen von Cartagena.

Nachdem in 14 Hafentagen, die Beschädigungen an „*U-39*" beseitigt wurden, wehte wieder die von Sturm und Regen vieler Kriegsfahrten zerfetzte Flagge am Turm.

Zu neuen Taten ging es hinaus!

Während ihres Einsatzes gelang es „*U-39*", etwa 151 Schiffe mit einer Gesamttonnage von etwa 398.564 BRT zu versenken.

Die „*U-39*" überlebte den Krieg und wurde nach der deutschen Kapitulation 1918 in Spanien interniert.

Nach der deutschen Niederlage wurde „*U-39*" am 22. März 1919 an Frankreich ausgeliefert und im Dezember 1923 in Toulon verschrottet.

13.

Bei herrlichem Wetter, nachdem die Sonne untergegangen war, fuhr das Unterseeboot aus Wilhelmshafen hinaus in die See.

Außer dem Kapitänleutnant des Unterseebootes wusste niemand von der Mannschaft und von den mitfahrenden Offizieren, wohin die Reise diesmal gehen würde.

Der Fahrt war eine umfassende und geheim gehaltene logistische Vorbereitung vorausgegangen, um das U-Boot auf dem Marsch vor allem durch Handelsschiffe mit Treibstoff und Lebensmittel zu versorgen.

Der junge Kapitän stand im Turm seines U-Bootes. In seiner Nähe war nur der Steuermann und einer seiner Offiziere.

Das schlanke Boot durchschnitt die rauschenden Wellen, die gegen den Bug und die stählernen Wandungen klatschten.

Vorläufig fuhr es nur mit halber Kraft.

Erst als sie die hohe See erreicht hatten und hinter ihnen die Küste im Dunkel der Nacht verschwunden war, gab der Kapitän das Kommando: „Hebel auf volle Kraft!"

Der Kapitän wich und wankte nicht von seinem Platz im Turm und suchte mit seinen forschenden Augen das Dunkel der Nacht zu durchdringen.

<u>Bild 42:</u> Deutsche U-Boote liegen in einem U-Boothafen vor Anker. Rechts das U-Boot für die geheime Mission (1914).

Inzwischen hatte ein starker Nordwest eingesetzt.

Die Wogen schlugen über Deck.

Unbekümmert um das Toben der Elemente stand der Kommandant in seinem Turm, den Blick geradeaus gerichtet.

Gegen Mitternacht gab er den Befehl, nach Osten zu steuern.

Ein Griff an den Hebel, und das U-Boot schoss jetzt wieder mit halber Kraft dahin.

In weiter Ferne blitzten Lichter auf.

Und in nordöstlicher Richtung zählte er in Abständen noch mehr Lichter.

Es waren feindliche Kriegsschiffe, die auf der Wacht lagen.

Ob er ungesehen und ungefährdet durch die Reihen der feindlichen Kreuzer hindurchsteuern sollte?

Oder ob er es nicht vorziehen sollte, unterzutauchen und unter Wasser seine Fahrt fortzusetzen?

Er zog das Letztere vor.

Sein Befehl erging, und das U-Boot tauchte in den Wellen ein.

Der Kommandoturm und der ganze Aufbau waren in wenigen Sekunden geräumt und im Inneren des Bootes verschwunden.

Die Ventile wurden geöffnet, das Wasser strömte ein, das das U-Boot zum Sinken brachte.

Nunmehr war es untergetaucht, und nur das schlanke Periskop wäre noch an der Oberfläche sichtbar gewesen, wenn die See glatt und ruhig gewesen wäre.

Nunmehr unter Wasser fuhr das U-Boot, von elektrischen Motoren angetrieben, dahin.

Die Luft in dem Maschinenraum wurde heiß, schwer und drückend.

Kurzatmig das ein und ausatmen, und der Schweiß rann den Männern aus allen Poren.

Die Maschinen hämmerten und stampften.

Sie erzeugten einen fürchterlichen Lärm, sodass sich die Mannschaft nur durch Zeichen miteinander verständigen konnten.

An die dünnen Wände aus Stahl schlugen unheimlich die Wassermassen, und wenn sich jeder vergegenwärtigte, dass er nun in der Tiefe des Meeres in schwarzer Nacht dahinfuhr, dass jeder Augenblick der Letzte sein konnte, wenn das rasch dahinschießende U-Boot auf eine feindliche Mine stoßen würde, dann musste das an sich schon laut pochende Herz noch lauter schlagen.

Das bisschen Schweiß und die Unbequemlichkeiten des Atmens wurden bald behoben.

Die Behälter mit Sauerstoff geöffnet und der ausgeatmete Kohlenstoff mit Patronen von Ätzkalk, in denen er sich befand, unschädlich gemacht.

Nun ließ es sich wieder besser atmen, wenn auch der Petroleumdunst von dem abgestellten Petroleummotor die Luft nicht gerade verbesserte.

Der Tag brach an, doch an Schlaf war nicht zu denken.

Alle hockten in dem beengten Raum des U-Bootes dicht beieinander.

Heller brach das Licht des Tages durch das Sehrohr.

Nach der Ansicht des Kapitäns musste das Boot die holländische Küste bereits passiert haben und im Kanal sein, dabei spielte er mit den Gedanken, ob er nach einem Feind Ausschau halten oder geradewegs seinem Ziel zusteuern sollte?

Er sah von jeder Extratour ab.

Weiter sauste das schlanke U-Boot unter der Meeresoberfläche seinem ungewissen Schicksal entgegen.

Unerträglich und bleiern lastete die eingeschlossene, verbrauchte Luft auf allen.

Jeder lechzte, wie der Dürstenden nach einem Schluck Wasser, nach einem frischen, befreienden Atemzug.

Auch der Kapitänleutnant empfand das, und im Interesse seiner Mannschaft gab er den Befehl zum Auftauchen.

Wieder öffneten und schlossen sich die Ventile.

Das eingedrungene Wasser wurde aus den Ventilen die durch Pressluft wieder herausgedrängt, und langsam stieg das Stahlboot in das helle Sonnenlicht hinauf.

Geschwind war der Aufbau wieder auf dem Deck befestigt, und die frische, reine, salzige Luft strömte in das Innere des Schiffes und belebte und erfrischte die ermattete Mannschaft.

Allmählich stieg jeder herauf auf das Deck des U-Bootes und zog die herrliche Luft tief in die Lungen ein.

Pfeilschnell schoss das U-Boot durch die wellenschlagende Wasseroberfläche des Meers.

Von der englischen Küste war wenig zu sehen.

Etwas näher befand sich das U-Boot an der französischen Küste.

Da wo mächtige Rauchwolken in die Luft stiegen, musste Calais sein.

Der Kurs wurde beibehalten.

Warum sollten sie dem Feind ausweichen?

Zum Untertauchen blieb dem U-Boot immer noch Zeit genug.

Weiter jagte das Boot dahin.

Immer mehr entfernte es sich von den feindlichen Küsten und den feindlichen Flotten.

Bild 43: Deutsche U-Boot unterwegs nach Gallipoli (1915).

Die See wurde mit einmal rauer und wilder.

Man näherte sich jetzt der bei allen Seeleuten gefürchteten Biskaya.

Der Kurs ging jetzt nach Süden, gerade in das wilde, aufgepeitschte Meer hinein.

Um sich keiner unnützen Gefahr auszusetzen, wurde das Deck, der Turm verlassen und der Aufbau verschwand im Inneren des U-Bootes.

Die Luken fest verschlossen, sank das U-Boot in eine angemessene Tiefe, um unberührt von den rasenden Wellen, wie ein Fisch durch die grünen Fluten seinem Ziel entgegen zu streben.

So zog es dahin.

An der französischen Westküste ging es vorbei.

Vorüber an den sonnigen Gestaden Portugals.

Links ließen sie die Küste Spaniens liegen.

Dann wurde gewendet, wieder nach Osten zurück durch die Straße von Gibraltar.

Endlich erreichten sie das blaue Mittelländische Meer.

Hier wimmelte es nur so von feindlichen Schiffen.

Zu der englischen und französischen Flotte hatten sich die Schiffe der Italiener gesellt, die mit Argusaugen nach allem Ausschau hielten, was deutsch war.

Tag und Nacht vergingen.

Doch unbekümmert um Tag und Nacht harrte die Mannschaft in ihrem U-Boot der Stunde, die sie zum Kampf nach langen, langen Tagen rufen sollte.

Die sizilianische Küste war glücklich passiert, und nun hieß es scharf aufpassen, damit nicht im letzten Augenblick die lange Fahrt ein vorzeitiges Ende fand.

Am Periskop stand der Kapitän und führte sein Schiff durch das Ägäische Meer und seinen vielen Inseln.

Unter den feindlichen Flotten, die nur wenige Seemeilen von den Dardanellen lagen, fuhr das U-Boot kühn hindurch.

Endlich waren sie am Ziel.

Die Unterseeanker sausten in die Tiefe, um das U-Boot noch so lange unter Wasser festzuhalten, bis die Nacht mit ihren schwarzen Fittichen anbrach.

Endlich stieg das U-Boot wieder zur Oberfläche.

Nun gab es das im türkischen Hauptquartier längst erwartete Zeichen.

Lichtsignale!

Ein Torpedoboot näherte sich.

Deutsche Offiziere begrüßten die Ankömmlinge.

Das deutsche Unterseeboot wurde von dem türkischen Torpedoboot mit größter Vorsicht durch das gefährliche Minenfeld geleitet und legte bald wohlbehalten vor Konstantinopel an.

Jetzt wurde sich zunächst von den großen Strapazen der langen Fahrt erholt, bevor sie den Kampf gegen die feindlichen Schlachtschiffe aufnahmen.

Stolz und triumphierend dampfte das englische Schlachtschiff „*Triumph*" aus seinem Versteck, dem Golf von Saros, heraus.

Der eiserne Koloss verdrängte zwölftausend Tonnen.

Achtzehn riesenhafte Eisenrohre von großem Kaliber bedrohten die türkischen Batterien.

So fuhr der eiserne Gigant nichts ahnend mit seinem Bug die blauen Fluten aufwühlend dahin.

Sein Ende sollte kommen.

Gegen 12.00 Uhr entdeckte der Kommandant des U-Bootes dicht unter der Küste von Gallipoli das englische Schlachtschiff.

Sofort wurde das Sehrohr, des U-Bootes eingefahren und auf das feindliche Schiff zu gesteuert.

Nach einer dreiviertel Stunde erfolgte das Auftauchen auf eine Tiefe von 10 m und der Angriff wurde vorbereitet.

Das englische Schlachtschiff hatte den Vormittag über die türkischen Schützengräben von der Flanke beschossen und machte Feuerpause.

Das Schiff fuhr mit ausgebrachten Torpedoschutznetzen und ungefähr 5 bis 7 Seemeilen Fahrt unter der Küste hin und her. Die ganze Mannschaft lag am Oberdeck und sonnte sich, nur die Ausguckposten, schwer bewaffnet mit Doppelgläsern, auf der Suche nach einem U-Boot.

Beim Blick durch das Sehrohr des U-Bootes glaubte der Korvettenkapitän, seinen Augen nicht trauen zu können.

400 m vor ihm das Schlachtschiff.

Er war mit dem U-Boot an der Ziellinie vorbeigefahren und musste hart bei drehen.

Mit erhöhter Fahrt ging es dann vorwärts.

300 Meter!

200 Meter!

150 Meter!

Laut ertönte jetzt der Befehl des U-Boot-Kommandanten: „Torpedo, marsch!"

Das Torpedo zischte aus dem Rohr.

Luftblasen hinter sich herziehend, durch das Torpedonetz hindurch schoss der schlanke Geschosskörper auf das Schlachtschiff zu.

Für das U-Boot gab es jetzt nur noch die einzige Möglichkeit, unter dem feindlichen Kreuzer hindurch zu tauchen, um so gut, wie es ging zu verhindern, dass sich alle Geschütze des Schlachtschiffes auf das Boot richteten.

Bild 44: Das englische Linienschiff „*Triumph*", sinkt getroffen von einem deutschen U-Boot vor den Dardanellen.

Krachende Salven!

Furchtbare Schläge erfolgten unter Wasser.

Das U-Boot wurde hin und hergeworfen wie ein Ball.

Die Besatzung taumelte an die Wände.

Ein kräftiger Explosionsschlag, deren Druckwelle sich durch das Wasser nach allen Seiten ausbreitete.

Der Torpedo hatte den stählernen Koloss getroffen und ehe dieser noch seine Boote zu Wasser lassen konnte, war das Schiff binnen weniger Minuten mit seiner siebenhundert Köpfe zählenden Besatzung gesunken.

Es war ein Schrecken, der sich gelohnt hatte.

Das englische Linienschiff „Triumph" kenterte und war in neun Minuten in der blauen Flut verschwunden.

Zwei Seemeilen davon tauchte das deutsche Unterseeboot aus dem Meer auf, dessen Torpedo das englische Linienschiff zum Opfer gefallen war.

Ein unbehagliches, ängstliches Gefühl ergriff in diesen Moment die Schiffskommandanten der feindlichen Flotte. Sie wussten nicht, ob das stolze Schiff auf eine Mine aufgelaufen war und dabei seinen Untergang gefunden hatte, oder ob es von den türkischen Batterien, wie das schon mehrfach vorgekommen war, in die Tiefe geschickt wurde.

Sie konnten nicht begreifen und wiesen die Vermutungen als unrichtig zurück, dass ein deutsches Unterseeboot den englischen Panzerkreuzer in den Grund des Meeres gebohrt haben sollte.

Wie könnte auch ein deutsches Unterseeboot nach den Dardanellen kommen?

Auf dem Landwege war das unmöglich.

Das deutsche U-Boot war in seinem eigenen Kielwasser von Deutschland bis nach Konstantinopel zu einem Zwischenstopp eingelaufen.

Der Operationsbasis, von wo weitere überraschende Aktionen des U-Bootes gegen die feindlichen Schlachtschiffe erfolgen sollten.

Schon zwei Tage später als sich das englische Linienschiff „Majestic" dem Fort Sed-ül-Bahr näherte, lag das deutsche U-Boot auf der Lauer.

Der Silhouette nach war es die „Majestic", die sich auch in diesen Gewässern befand und nun dicht unter Land vor Anker lag, damit es ihr im Falle eines Torpedotreffers nicht so ergehen sollte, wie dem Linienschiff „*Triumpf*", vor zwei Tagen.

Der Kapitän des Schiffes hoffte, dass im Falle des getroffen werdens seines Schiffes, dieses bald auf Grund kam und die Aufbauten dann noch aus dem Wasser herausragen mussten, sodass die Besatzung sich noch retten konnte.

Ob diese Rechnung stimmen würde, ließ sich allerdings schwer voraussagen.

Das deutsche U-Boot fuhr ständig in dem Gewässer hin und her und versuchte, eine Lücke in dem Nest der Engländer zu entdecken, um diesen erneut ein Torpedo auf den Leib zu jagen.

Bild 45: Der englische Panzerkreuzer „*Majestic*" sinkt, durch ein Torpedo eines deutschen U-Bootes getroffen, am 27. Mai 1915.

Noch einmal ging es an der feindlichen Linie entlang.

Und wirklich da war eine Lücke zu sehen.

Sie war nicht groß, betrug wenn es hochkam 20 Meter.

Ein Versuch war es immer wert.

Nach einem Ziel wurde sofort gesucht.

Mit dem ganzen Boot wurde gezielt gesucht, dabei kam genau achterlich der englische Panzerkreuzer *„Majestic"* in das Zielfeld.

„Torpedorohr eins laden!" erfolgte prompt das Kommando.

Ein Torpedo glitt in das Lancierrohr.

Kurzes Richten.

Ein Hebeldruck auf den elektrischen Taster.

Das U-Boot schüttelte sich.

Machtvoll sauste, feine Blasen hinter sich herziehend, das todbringende Geschoss unter die vielen Motorbarkassen hindurch, direkt auf die *„Majestic"* zu.

Jetzt dürfte alles glattgehen, wenn keine dieser Motorbarkassen dazwischen kam.

Der Torpedo bohrte sich tief in den Schiffsrumpf des *„Majestic"*.

Die Explosion war gewaltig.

Offenbar hatte der Torpedo den Heizraum getroffen.

Das Schiff bewegte sich.

Es schien kentern zu wollen und begann zu sinken.

Eine Minute verrann, eine zweite, dritte, vierte …

Da wand sich das Schiff wie ein Wal, überschlug sich ganz.

Wellen brausten über die anderen kleinen Motorbarkassen.

Chaos, namenlose Panik.

Plötzlich ragte das Vorderschiff der *„Majestic"* kieloben …, der übrige Teil des Schlachtschiffes war verschwunden.

Viereinhalb Minuten hatte die Vernichtung gedauert.

Die *„Majestic"* hatte über fünfzehntausend Tonnen verdrängt und war mit sechzehn schweren Geschützen ausgerüstet.

Siebenhundertsiebenundfünfzig englische Seeleute gingen mit dem Schlachtschiff in die Tiefe.

Die feindlichen Flottenführer waren ob dieser sich häufenden Verluste in ihrem Tatendrang plötzlich gelähmt.

Denn kaum hatten sie sich von den Schrecken erholt, den ihnen der Verlust dieses großen Schlachtschiffes brachte, so hatte das deutsche Unterseeboot schon wieder einen englischen

Kreuzer, den zu seinem Schutz sogar sechs Torpedoboote begleiteten, tödlich getroffen, sodass es mit seiner Besatzung von drei-
hundertsechsundsiebzig Seeleuten lautlos in den Fluten versank.

Einstweilen zog sich die feindliche Flotte auf eine der von
ihnen willkürlich besetzten, griechischen Inseln zurück, die ihnen
ein Stützpunkt für Kohlevorräte und Truppenergänzungen war.

Die Türken sahen frohlockend die Schiffe am Horizont verschwinden und machten sich eiligst daran, die Befestigungen, die
durch den Geschützkampf gelitten hatten, noch stärker zu machen.

Bild 46: Die Versenkung der „Pathfinder" durch ein deutsches U-Boot (1914).

Das deutsche U-Boot, war auch das U-Boot gewesen, das als
erstes deutsches U-Boot ein feindliches Kriegsschiff, den britischen Kreuzer HMS „Pathfinder", mit einem Torpedo erfolgreich
versenkte. Dies geschah am 5. September 1914 vor der schottischen Küste.

Der „*Pathfinder*" befand sich als Führungsschiff mit der 8. Zerstörer-Flottille im Einsatz. Wegen erheblichen Kohlemangels lief sie nur noch maximal 5 Knoten und hatte sich von den sie begleitenden Zerstörern getrennt.

So wurde sie für das U-Boot ein leichtes Ziel.

Unglücklicherweise traf der Torpedo auch noch direkt ein Munitionsmagazin der „*Pathfinder*".

Sie versank nach der Explosion des Magazins in nur wenigen Minuten.

Mindestens 256 Seeleute verloren dabei ihr Leben.

Achtzehn Überlebende konnten von Fischerbooten gerettet werden, von denen vier später noch starben.

Der Zerstörer „*Stag*" und „*Express*" trafen zu spät ein, um noch Überlebende zu retten.

Durch das U-Boot wurde auch das britische Frachtschiff SS „*Armenier*" 1915 im Nordatlantik versenkt, dabei verloren 29 Menschen ihr Leben. Unter den Opfern befanden sich 23 US-Bürger, die in den USA viele Kommentare hervorriefen, denn weniger als zwei Monate vorher war der Ozeandampfer RMS „*Lusitania*" versenkt wurden und damals gehörten 123 US-Bürger zu den Opfern.

Das Frachtschiff transportierte jedoch nur Pferde und Maultiere für die Kriegsanstrengungen der Entente Powers.

Die US-Bürger an Bord waren keine Passagiere, aber Hostler stellten Angestellte ein, um sich um die Maultiere zu kümmern.

14.
Handels-U-Boote wurden konstruiert, weil das Deutsche Reich im Ersten Weltkrieg aufgrund der englischen Seeblockade vom Überseehandel weitgehend abgeschnitten war.

Diese U-Boote wurden nicht für militärische Angriffe, sondern für den zivilen Frachtverkehr konzipiert.

Sie besaßen auch eine gewisse diplomatische Bedeutung und wurden als Zeichen dafür angesehen, dass Deutschland trotz der Blockade Handelsbeziehungen zu neutralen Ländern aufrechterhalten konnte.

Handels-U-Boote wurden auch genutzt, um deutsche Produkte in neutrale Länder, wie die USA zu exportieren, um so Devisen zu beschaffen und die wirtschaftliche Lage in Deutschland zu stabilisieren.

Die Bezahlung der benötigten Rohstoffe basierte indirekt auf dem Prinzip des Tauschhandels, da eine Gegenleistung in Reichsmark für den amerikanischen Handelspartner unvorteilhaft gewesen wäre.

Allerdings führte der Einsatz der Handels-U-Boote auch zu gewissen Spannungen.

Der zunehmende Druck auf neutrale Schifffahrtsrouten trug indirekt dazu bei, die Vereinigten Staaten in den Krieg zu ziehen, da die britische Blockade und die deutsche U-Boot-Kriegsführung zu einer Eskalation führte.

Die USA standen zunehmend an der Seite der Alliierten, und die Beziehungen zu Deutschland verschlechterten sich.

Mit dem Eintritt der USA in den Krieg 1917 endeten die Reisen der Handels-U-Boote abrupt.

Ein weiterer Einfluss auf die Kriegsführung lag in der verstärkten Kontrolle und Überwachung durch die Alliierten, insbesondere nach den Handelsmissionen.

Die englische Blockade hatte das Ziel, Deutschland stark in seinen Handel und der Versorgung mit Rohstoffen einzuschränken, vom internationalen Handelsgeschäft abzuschneiden und seine Wirtschaft zu schwächen.

Um die Blockade zu durchbrechen, wurden speziell ausgerüstete U-Boote in Deutschland entwickelt und gebaut, die tief genug tauchen konnten, um unentdeckt an feindlichen Patrouillen vorbei zukommen.

Die Handels-U-Boote waren größer als die typischen deutschen U-Boote der Kriegszeit und verfügten über mehr Stauraum, aber weniger Bewaffnung.

Diese Boote waren nicht für den Kriegseinsatz, sondern für dem Handel konzipiert.

Sie dienten primär zur Umgehung der britischen Flotte.

Da Handels-U-Boote im Vergleich zu Überwasserschiffen weniger auffällig waren, konnten sie auch für geheime diplomatische Missionen oder den Transport von vertraulichen Informationen genutzt werden.

Am 8. November 1915 gründeten ein Bremer Großkaufmann, die Reederei Norddeutscher Lloyd und die Deutsche Bank die neue Deutsche Ozean-Reederei (DOR).

Bei der Gründung gaben sie ein frachttragendes U-Boot, die „Deutschland", in Auftrag.

„U-Deutschland" wurde am 28. März 1916 in das Schiffsregister eingetragen.

Im Schiffsmessbrief konnte man lesen 791 BRT bzw. 414 NRT.

Das U-Boot konnte also eine Fracht bis zu 700 Tonnen transportieren.

Mit der „Bremen" wurde 1916 noch ein zweites Boot als Schwesterschiff der „Deutschland" fertiggestellt, das jedoch bei seiner ersten Fahrt verschollen blieb.

Es wurden noch sechs weitere Handels-U-Boote in Auftrag gegeben, die jedoch noch vor ihrem ersten Einsatz als Handels-U-Boote, aufgrund der verstärkten Seeblockade der Royal Navy sowie des Kriegseintritts der USA 1917 zu Artillerie-U-Booten, sogenannten U-Kreuzern, umgebaut wurden.

Pläne zur Versorgung der Kolonie Deutsch-Ostafrika und Durchbrechung der dortigen Seeblockaden mithilfe von U-Booten kamen 1916 im Reichskolonialamt auf. Sie wurden jedoch von der kaiserlichen Marine wegen des eigenen U-Boot-Bedarfs infolge des unbeschränkten U-Boot-Kriegs und der absehbaren technischen Hürden nicht aufgegriffen.

Weitere Hindernisse waren die unübersichtliche Lage auf dem ostafrikanischen Kriegsschauplatz sowie der Rückzug der deutschen Schutztruppen von den Küstenplätzen.

Die britische Royal Navy verstärkte die Gegenmaßnahmen, und der technische Aufwand ein Handels-U-Boot zu betreiben war zu hoch und blieben somit auf wenige Reisen beschränkt.

Bild 47: Krupp Germaniawerft in Kiel, hier wurden Kriegsschiffe für die kaiserliche Marine gebaut. Hier entstanden ebenfalls 1916 die Fracht-U-Boote „Deutschland" und „Bremen".

Die ersten Handelsmissionen der Handels-U-Boote waren zwar erfolgreich, konnten aber den Verlust des traditionellen Seehandels nicht annähernd kompensieren. So wurde das Konzept aufgegeben, da die Risiken zu hoch waren und das wirtschaftliche Potenzial relativ gering.

Mit dem Eintritt der USA in den Krieg 1917 wurde auch die Route nach Amerika blockiert.

Nachdem der Nutzen der Handels-U-Boote begrenzt blieb und die USA in den Krieg eintraten, wurde das Handels-U-Boot „*Deutschland*" in ein bewaffnetes U-Boot umgewandelt und als U-Boot-Kreuzer eingesetzt.

Diese Umwandlung zeigt, dass das Konzept der Handels-U-Boote zugunsten einer aggressiveren militärischen U-Boot-Strategie aufgegeben werden musste.

Der uneingeschränkte U-Boot-Krieg ab 1917 hatte einen weit größeren Einfluss als die Kriegsführung als die Handelsmissionen.

Insgesamt waren die Handels-U-Boote des Ersten Weltkrieges ein innovativer, aber letztlich begrenzter Versuch, die wirtschaftliche Isolation Deutschlands zu durchbrechen.

Die Handels-U-Boote trugen dazu bei, die Idee des strategischen U-Boot-Einsatzes weiterzuentwickeln. Während sie als zivile Fahrzeuge konstruiert wurden, zeigte ihr Einsatz den Deutschen, dass U-Boote nicht nur für militärische, sondern auch für wirtschaftliche Zwecke von großem Wert sein können.

Auch wenn die direkte kriegsstrategische Bedeutung gering war, unterstützten sie die deutschen Bestrebungen, die Seewege zu dominieren und die britische Seemacht herauszufordern - ein Ziel, das später mit den militärischen U-Booten verfolgt wurde.

15.

Gegen die englische Seeblockade musste endlich etwas getan werden. Die deutschen Häfen waren blockiert und Deutschland von Rohstoff- und Nahrungsmittelexporten abgeschnitten.

Bevor eine Hungersnot der deutschen Bevölkerung drohte, waren schnell Ideen nötig, um der Blockade zu entgehen.

Ein Bremer Großkaufmann arbeitete an einem ehrgeizigen Plan, das weltweit erste Handels-U-Boot erbauen zu lassen.

November 1915 gründete er für den Bau und für die Inbetriebnahme der neuartigen Boote die Deutsche Ozean Reederei mit Sitz an der Weser.

Kaum sechs Monate später, am 28. März 1916 lief das Unterseeboot „Deutschland" unter der Baunummer 200 in der Kieler Förde vom Stapel und wurde in das Handelsschiffregister eingetragen.

Es war das erste Handelsunterseeboot der Welt und kostete etwa 4 Millionen Mark.

Bild 48: Das Handels-U-Boot „Deutschland" am 23. August 1916, bei der Einfahrt nach Bremerhaven.

Mit seinen 65 Metern Länge und neun Metern Breite war es nur wenig größer als die normalen Kriegs-U-Boote. Die Geschwindigkeit lag bei 12 Knoten über Wasser und 7 Knoten unter Wasser. Es konnte bis zu 50 Metern tief tauchen und hatte eine Reichweite von etwa 13.000 Seemeilen.

Es fasste mehr als 700 Tonnen Ladung, etwa ein Zehntel der Tragfähigkeit eines gewöhnlichen Übersee-Frachters.

Die „Deutschland" spielte im Ersten Weltkrieg eine besondere Rolle und war eines der zwei Handels-U-Boote, die tatsächlich zum Einsatz kamen.

Die „Deutschland" wurde für den Transport von Gütern und nicht für den Kampfeinsatz entwickelt, was sie einzigartig machte.

Die 28 Mann Besatzung trugen Reedereiuniformen. Offiziell waren sie Zivilisten, aber unter ihnen befanden sich auch Marinesoldaten mit U-Boot-Erfahrung.

Die „Deutschland" war so konzipiert, dass sie unter Wasser die umfassenden Seeblockaden unentdeckt durchbrechen konnte, um Handel mit neutralen Ländern zu betreiben.

Das Transport-U-Boot begann seine erste Reise am 16. Juni 1916 in Wilhelmshafen.

Am 23. Juni 1916 ging es auf Fahrt, Richtung der noch neutralen USA.

An Bord befanden sich 163 Tonnen chemische Farbstoffe und Medikamente, wie das Syphilis-Mittel Salvarsan im Wert von 60 Millionen Mark, außerdem Bank- und Diplomatenpost.

Würde es dem U-Boot gelingen, der Seeblockade unbemerkt zu entgehen?

Eine Fahrt mit einem ungewissen Ausgang.

Obwohl die Briten geheime Funksprüche entschlüsselt hatten und über die Abfahrt der „Deutschland" informiert waren, konnten sie das Boot nicht aufhalten.

Das Transport-U-Boot durchbrach die Seeblockade bei Schottland und legte die mehr als 6.000 Kilometer an der Ostküste der USA innerhalb von drei Wochen zurück.

In der Nacht zum 9. Juli 1916 nahm der Kapitän in der Chesapeake Bay einen völlig überraschten Lotsen an Bord des U-Bootes. Er sollte die „Deutschland" an das Ziel der Reise geleiten, die amerikanische Hafenstadt Baltimore.

Dort lief die „Deutschland" anderntags mit der schwarz-weiß-roten Handelsflagge am Heck ein, von Hunderten Schaulustigen und Pressevertretern begeistert gefeiert.

In Baltimore angekommen, sorgte das U-Boot weltweit für erhebliches Aufsehen, denn es war der erste erfolgreiche Einsatz eines U-Bootes für Handelszwecke, und das in neutralen Gewässern.

Die erste Atlantiküberquerung wurde zu einem ungeheuren Triumph.

Zahlreiche Zeitungsartikel erschienen.

Die kaiserliche Kriegspropaganda schwärmte vom *„neuen Wunder deutscher Schiffsbaukunst"*.

In zahlreichen Büchern schilderten beteiligte Seeleute später ihre Erlebnisse.

Obwohl Briten und Franzosen sofort die Festsetzung als Kriegsschiff verlangten, bescheinigten die US-Behörden der unbewaffneten *„Deutschland"* Harmlosigkeit.

Wohl auch, weil ihre Ladung, die aus Produkten der weltweit führenden deutschen Chemieindustrie bestand, für die USA unverzichtbar schien.

<u>Bild 49:</u> Besatzung der *„Deutschland"* in New London, Connecticut.

Am 1. August trat das Transport-U-Boot die Rückreise an. Mit an Bord 341 Tonnen Nickel, 348 Tonnen Kautschuk und 93 Tonnen Zinn, die den Bedarf deutscher Rüstungsfabriken für mehrere Monate decken sollten.

Das Auslaufen wurde zum Volksfest.

Dutzende Boote begleiteten die „*Deutschland*", die kurz vor dem Erreichen der internationalen Gewässer abtauchte.

Die Briten waren vorbereitet.

Auf dem Atlantik warteten 32 ihrer Kriegsschiffe.

Das Blockade-Amt hatte 50.000 Mark für die Versenkung des U-Bootes ausgesetzt.

Und in London standen die Wetten 93,5:1 gegen eine Rückkehr des Transport-U-Bootes.

Am 23. August 1916 tauchte die „*Deutschland*" bei Helgoland unversehrt aus den Fluten des Meeres wieder auf.

Zwei Tage später lief sie über die Toppen geflaggt mit seiner wertvollen Fracht in den Bremer Freihafen ein, von einer jubelnden Menge begrüßt.

Auf dieser Reise legte das Boot 8.450 Seemeilen zurück, 190 davon unter Wasser. Allein für den Trip über den Atlantik brauchte die „*Deutschland*", die eine Höchstgeschwindigkeit von 19 Knoten (19 km/h) schaffte, jeweils mehr als drei Wochen.

Die gesamte Fahrtzeit betrug 73 Tage.

Kaiser Wilhelm II. ehrte Reedereidirektor Lohmann und den Kapitän der „*Deutschland*" mit einem Festessen.

Die erste Fahrt war ein voller Erfolg und zeigte, dass Handels-U-Boote eine potenzielle Lösung für die Blockadeprobleme sein könnten.

„Was der alte unternehmende Hansageist, deutsche Intelligenz und Tatkraft erschaffen, das erste Handelsunterseeboot der Welt „Deutschland", der englischen Blockade zum Trotz nach Amerika und wieder zurück in die Heimat gebracht zu haben, verdanke ich nebst der gütigen Vorsehung dem Pflichtbewusstsein und den Mut der Besatzung, die mit nie erlöschender Bereitwilligkeit sich allen Strapazen gern unterzog. Dem friedlichen Handel inmitten des Weltkrieges zu dienen und den deutsch-fühlenden Herzen drüben in Amerika ein greifbares Zeugnis zu bringen, davon, dass Deutschland noch stark in ungebrochener Schaffenskraft besteht und aushalten wird für seine

Ideale, um die Freiheit der Meere zu kämpfen, war und wird unsere erste Pflicht sein, auf den ferneren Fahrten".

U-Boot-Kapitän Paul Leberecht König

Quelle: Deutsches Rundfunkarchiv (DRA).

Der Gewinn aus dem Verkauf der Ladung betrug mehr als 18 Millionen Mark, mehr als dem 4-fachen Baupreis des Schiffes.

Nach dem Erfolg der ersten Fahrt unternahm das U-Boot eine zweite Fahrt in die USA, die ebenfalls erfolgreich war.

Am 10. Oktober 1916 lief die *„Deutschland"* erneut mit einer Ladung aus Farbstoffen, Chemikalien, Medikamenten, Wertpapieren, Edelsteinen und Post aus, diesmal von Bremen.

Ihr flacher Umriss bei der Fahrt an der Wasseroberfläche erlaubte ihr einmal mehr, britischen Kriegsschiffen während der meisten Zeit auf See auszuweichen und nur dann zu tauchen, wenn feindliche Schiffe nahe genug waren, um sie zu entdecken.

Kein Schiff hatte dieses allerdings geschafft.

New London in Connecticut wurde am 1. November 1916 erreicht.

Bei der am 17. November 1916 vorgesehenen Rückfahrt kam es im Hafen von New London zu einem Zwischenfall.

Bei einem unglücklichen Manöver eines der assistierenden Schlepper wurde dieser von der *„Deutschland"* gerammt und sank.

Fünf der Besatzungsmitglieder ertranken.

Nach Feststellung der Unschuld der *„Deutschland"*, Zahlung einer Sicherheitsleistung von 348 000 Mark und Reparatur der geringen Schäden konnte das U-Boot die USA verlassen und kam am 21. November 1916 wieder in der Wesermündung (heute Bremerhaven) an.

Allerdings wurde die Lage für Handels-U-Boote durch die zunehmenden Spannungen mit den USA und die Verstärkung der alliierten Blockade schwieriger.

Die dritte Reise, die für 1917 geplant war, wurde wegen des drohenden Kriegseintritts der USA nicht mehr angetreten.

Auch diplomatische Verwicklungen, die durch den Einsatz von U-Booten entstanden, führten dazu, dass die „*Deutschland*" schließlich nicht weiter als Handels-U-Boot genutzt wurde.

Die Löschung des U-Handelsschiffes „*Deutschland*" aus dem Schiffsregister erfolgte am 10. Februar 1917.

Nach den beiden Handelsmissionen wurde die „*Deutschland*" von der kaiserlichen Marine übernommen, von der kaiserlichen Werft Wilhelmshafen letztendlich zu einem regulären Kriegs-U-Boot umgebaut und diente ab 19. Februar 1917 dann unter der Bezeichnung „*U-155*" im U-Boot-Krieg.

Es erhielt Torpedorohre und Deckskanonen.

Die zivile Besatzung wurde durch eine U-Boot-Besatzung der deutschen kaiserlichen Marine ersetzt.

„*U-155*" führte mehrere erfolgreiche Kriegseinsätze durch, ihre Rolle als Handels-U-Boot war damit beendet.

Der U-Kreuzer war aufgrund seiner schwachen Motorisierung, die eine Verfolgung schneller Handelsschiffe nicht erlaubte, beeinträchtigt.

Der U-Kreuzer „*U-155*" startete am 23. Mai 1917 zu seiner ersten Feindfahrt.

Während dieser Fahrt, die mit 104 Tagen auf See und 10.200 sm (davon 620 sm unter Wasser) Fahrstrecke die bis dahin längste U-Bootunternehmung war und das Boot bis zu den Azoren führte, wurden insgesamt 52.000 BRT Schiffsraum durch Artilleriebeschuss und Sprengladungen versenkt.

Auf drei sehr erfolgreichen Feindfahrten versenkte „*U-155*" 43 Schiffe mit 121.328 BRT und beschädigte drei weitere Schiffe davon eins mit 1.338 BRT.

Viele dieser Schiffe waren relativ klein und wurden durch Sprengung oder Geschützfeuer versenkt.

Im August kehrte die „*U-155*" zum letzten Mal an die Küste Nordamerikas zurück.

Ihr Auftrag war, Minen in den Gewässern bei St. Johans, Neufundland und Halifax, Nova Scotia zu legen.

Außerdem erhielt die Mannschaft den Befehl, ein Telegrafenkabel, zwischen der Marine und Nova Scotia zu finden und zu kappen.

Das ehemalige Handelsunterseeboot war allerdings für derartige Aufgaben schlecht gerüstet und scheiterte mit beiden.

Die „U-155" machte sich im Anschluss des Fehlschlages auf den Rückweg nach Deutschland zum U-Boot-Stützpunkt in Kiel, den sie am 12. November 1918 erreichte, einen Tag nach der Unterzeichnung des Waffenstillstandes von Compiègne.

Am 24. November 1918 erfolgte die Übergabe von „U-155" zusammen mit allen anderen deutschen U-Booten an die Alliierten, als Teil der Bedingungen des Waffenstillstandes.

Die Royal Navy entschied sich, mit der ehemaligen „Deutschland" eine Tour durch britische Häfen zu machen.

Während der nächsten Jahre machte das U-Boot an wechselnden Orten auf und ab der englischen Küste fest.

Bild 51: Handels-U-Boot „Deutschland" umgebaut zum U-Boot-Kreuzer „U 155" wurde nach Kriegsende nach London überführt.

Auf beiden Seiten prangten am Rumpf des ehemaligen Handels-U-Bootes ihr ursprünglicher Name „Deutschland".

Britische Bürger durften das Innere des U-Bootes erobern, einschließlich des Kontrollraumes.

Eine der Stationen dieser Rundreise war am Themse-Dock in der Nähe der berühmten Tower Bridge, wo es eine längere Zeit ausgestellt wurde.

Als die Royal Navy irgendwann das Interesse an dem Boot verlor, verkaufte es man zur Verschrottung.

Am 17. September 1921 befand sich das U-Boot dann im Trockendock einer Werft nahe Liverpool.

Die Demontagearbeiten waren an jenem Morgen, wo es ein Unglück geben sollte, voll im Gange.

Gegen 11.00 Uhr erfolgte eine mächtige Explosion im Maschinenraum des U-Bootes.

Drei 17-jährige Lehrlinge der Werft kamen dabei sofort ums Leben. Zwei Weitere starben später im Krankenhaus aufgrund ihrer Verletzungen.

Die Ursache dieser Explosion wurde nie eindeutig festgestellt.

1922 wurde der U-Kreuzer „U-155" mutiert aus dem ehemaligen Handels-U-Boot „Deutschland" in Morecambe abgerüstet.

16.

Das zweite Handels-U-Boot, das Schwesternschiff der „Deutschland", die „Bremen" wurde von der Firma Krupp in Auftrag gegeben, die damit ihr Nickel aus den USA nach Deutschland holen wollten.

Gebaut wurde es ebenfalls von der Germania Werft in Kiel.

Die „Bremen" war ein Zweihüllenboot, dessen Druckkörper bis zu 5,80 m im Durchmesser maß. Die äußere Hülle war bis zu 8,80 m breit, das Boot insgesamt 65 m lang und 9,25 m hoch. Bei der Überwasserfahrt und einer maximalen Verdrängung von 1.575 t lag es 5,30 m tief im Wasser. Angetrieben wurde das mit 791 BRT vermessene Boot von zwei 6-Zylinder-Viertakt-Dieseln, die nicht um steuerbar waren.

Die „Bremen" konnte daher nur mit ihren beiden Elektromotoren manövrieren, die 800 PS leisteten und auch für die Unterwasserfahrt benötigt wurden.

Über Wasser waren bis zu 10 kn Höchstgeschwindigkeit möglich, unter Wasser noch 6,70 kn.

Der Treibstoffvorrat von 200 t Öl ermöglichten dem Pott eine Reichweite von 12.000 sm bei Höchstfahrt.

Da Handels-U-Boote unbewaffnete Boote waren, waren sie zivile Fahrzeuge mit einer zivilen Mannschaft und konnten den vollen völkerrechtlichen Schutz als Handelsschiff voll in Anspruch nehmen.

Bild 52: Handels-U-Boot „Bremen" Ausfahrt aus dem Kieler Hafen zur ersten Reise.

Das Schwesternschiff der „Deutschland", die „Bremen" war nicht so erfolgreich wie die „Deutschland".

Nach ihrer Fertigstellung wurde das Handels-U-Boot „Bremen" am 8. Juli 1916 der DOR übergeben und in das Schiffsregister von Bremen eingetragen.

Die Taufpatin war die Frau des Bremer Bürgermeisters Carl Georg Barkhausen.

Kapitän war Karl Schwarzkopf.

Er war Reserveoffizier der Marine, auf U-Booten ausgebildet und vor der Übernahme der „Bremen" aus dem aktiven Dienst entlassen.

Sie lief zu ihrer Jungfernfahrt aus Kiel am 21. August 1916 aus.

Nach der Ladungsaufnahme in Bremen trat sie ihre erste Fahrt in die USA an. Die Ladung bestand aus etwa 750 Tonnen Anilinfarben und Arzneimittel. Unter Letzteren befand sich ein Medikament gegen Kinderlähmung, das in den Vereinigten Staaten bereits erwartet wurde.

Sie machte kurz im Helgoländer Hafen Station, um dann die Reise über den Atlantik anzutreten.

Das Ziel war New London im US-Bundesstaat Connecticut.

Der letzte Funkspruch der „Bremen" war ein Kurzsignal, das die Nachricht enthielt, das U-Boot nähere sich den Gewässern um Orkney.

Auch nach der Beendigung der Feindseligkeiten wurde das Schicksal dieses Bootes nicht geklärt, allerdings meldete der britische Hilfskreuzer „Mantua" eine Kollision mit einem U-Boot-ähnlichen Objekt südlich von Island.

Eine andere Theorie, die unter anderem der Marinehistoriker Anthony Preston vertrat, ging von einem Minentreffer bei den Orkney-Inseln aus.

Das Schicksal der „Bremen" wurde bis zum heutigen Tage nicht geklärt.

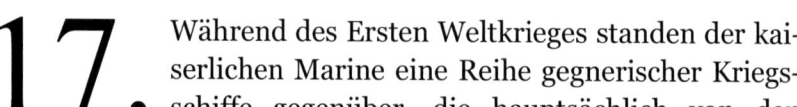

17. Während des Ersten Weltkrieges standen der kaiserlichen Marine eine Reihe gegnerischer Kriegsschiffe gegenüber, die hauptsächlich von den

Marinen der Alliierten, insbesondere der britischen Royal Navy, aber auch der französischen, russischen und später amerikanischen Streitkräften stammten.

Die britische Royal Navy war die größte Seemacht der Welt und Hauptgegner der kaiserlichen Marine.

Sie verfügte über eine Vielzahl von modernen Schlachtschiffen und Kreuzern.

HMS „Dreadnought" war ein revolutionäres Schlachtschiff, da es eine neue Ära von Großkampfschiffen einleitete, hatte am 10. Februar 1906 ihren Stapellauf und wurde am 2. Dezember 1906 in Dienst gestellt.

Die HMS „Dreadnought" war mit einer Hauptbewaffnung ausgestattet, die aus zehn 30,5 cm (12 Zoll) Kanonen bestand, aufgeteilt in fünf Doppeltürme (All-Big-Gun). Dies war das erste Schlachtschiff, das fast ausschließlich auch auf eine einheitliche Artillerie setzte, im Gegensatz zu älteren Schlachtschiffen, die eine Mischung aus verschiedenen Kalibern verwendeten. Zusätzlich war sie mit 27 12-Pfünder (76 mm) Schnellfeuergeschützen ausgestattet, um sich gegen kleinere Schiffe und Torpedoboote zu verteidigen. Weiterhin verfügte sie über 5 Torpedorohre (45 mm), was sie auch für den Torpedoangriff ausrüstete.

Das Schlachtschiff sollte auf große Entfernungen kämpfen, wo die Präzision und Durchschlagskraft schwerer Geschütze entscheidend waren.

Angetrieben wurde die HMS „Dreadnought" von Dampfturbinen, statt der älteren Kolbendampfmaschinen. Dies machte das Schlachtschiff nicht nur schneller (mit 21 Knoten Geschwindigkeit), sondern auch deutlich effizienter im Antrieb.

Dann kam auch noch die Panzerung mit einer maximalen Panzerstärke von 280 mm (11 Zoll) im Bereich des Hauptgürtels dazu. Dieser Schutz galt vor allem gegen schwere Granaten auf mittlere und große Entfernungen.

Die HMS „*Dreadnought*" revolutionierte das Seekriegswesen und löste ein Wettrüsten auf See aus, dass als *Dreadnought-Rennen* bekannt wurde.

<u>Bild 53:</u> Das britische Schlachtschiff HMS „*Dreadnought*" bei stürmischer See.

Die großen Seemächte - allen voran Großbritannien und Deutschland - begannen ihre Flotten massiv mit *Dreadnought-Schlachtschiffen* zu verstärken, da die älteren Pre-*Dreadnought-Schlachtschiffe* im Vergleich veraltet erschienen.

Obwohl die HMS „*Dreadnought*" der revolutionärste Schiffstyp ihrer Zeit war, war ihre aktive Kampfteilnahme vergleichsweise gering. Sie nahm nicht an der Schlacht von Jütland teil, der größten Seeschlacht des Ersten Weltkrieges.

Ihre einzige bemerkenswerte Tat während des Krieges war das Rammen und Versenken eines deutschen U-Bootes, der „*U-29*" im Jahre 1915. Dies machte den „*Dreadnought*" zum einzigen Schlachtschiff, das je ein U-Boot durch Rammen versenkte.

Die HMS „*Lion*" und andere Schlachtkreuzer spielten oft eine zentrale Rolle in den Schlachten wie der Skagerrakschlacht (Battle of Jutland).

Die kleineren und wendigeren Schiffe, wie die leichten Kreuzer und Zerstörer spielten eine wichtige Rolle bei der Sicherung von Konvois, Aufklärungsmissionen und Torpedoangriffen.

Sie waren in vielen Gefechten in der Nordsee aktiv.

Die französische Marine war kleiner als die britische, aber sie stellte ebenfalls eine bedeutende Bedrohung dar, vor allem im Mittelmeer und in den Kolonialgebieten.

Schlachtschiffe der *Courbet*-Klasse waren das Rückgrat der französischen Schlachtschiffe. Sie waren nicht so modern wie die deutschen Schlachtschiffe.

Frankreich setzte viele Zerstörer und Kreuzer ein, um die Blockade der Alliierten zu unterstützen und Konvois und im Begleitschutz zu schützen.

Auf der Ostsee traf die kaiserliche Marine auf die russische baltische Flotte, wo den *Pre-Dreadnought*-Schlachtschiffen, Zerstörern und Minenlegern eine beachtliche Aufgabe zu kam.

Die etwas älteren *Pre-Dreadnought*-Schlachtschiffe, wie die „*Slava*" leisteten einen wichtigen Beitrag im Seekrieg auf der Ostsee.

Russland setzte verstärkt die Zerstörer und Minenleger ein, um deutsche Schiffe zu behindern.

<u>Bild 54:</u> Ein russisches Schlachtschiff der *Imperatritsa Mariya*-Klasse im Einsatz auf der Ostsee.

Die Minenkriegsführung in der Ostsee war besonders intensiv, und viele deutsche Schiffe fielen den Minenfeldern zum Opfer.

Die USA traten erst 1917 in den Krieg ein, doch ihre Schiffe hatten großen Einfluss auf den Kriegsverlauf.

Die modernen Schlachtschiffe der *New York*-Klasse waren bewaffnet und gepanzert. Während sie auch erst spät in den Krieg eintraten, waren sie eine starke Unterstützung für die alliierten Seemächte.

Die USA setzten eine große Anzahl von Zerstörern ein, zum Schutz von Konvois gegen U-Boote.

Italien kämpfte an der Seite der Alliierten, vor allem im Mittelmeer. Ihre Schiffe, wie die *Cavour*-Schlachtschiffe, waren moderne Kriegsschiffe, die in mehreren Seegefechten verwickelt waren.

Diese gegnerischen Flotten waren technologisch oft überlegen, aber die kaiserliche Marine konnte in mehreren Gefechten dennoch ihre Stärke beweisen.

18.

Die Einsätze gegnerischer U-Boote gegen die kaiserliche Marine sind ein weniger häufig diskutiertes Thema, da die deutsche U-Boot-Kriegsführung im Atlantik und die Versenkung von Handelsschiffen oft im Vordergrund standen. Allerdings hatten auch die Alliierten, insbesondere die Royal Navy und die französische Marine, U-Boote im Einsatz, die gezielt gegen die deutschen Kriegsschiffe und maritimen Nachschub operierten.

Großbritannien hatte bereits vor dem Krieg Erfahrung im Bau und Einsatz von U-Booten.

Die britische Royal Navy setzte von Anfang an U-Boote nicht nur zur Verteidigung, sondern auch für offensive Operationen ein. Zur Störung der Bewegung der deutschen Kriegsschiffe in der Nordsee und der Ostsee.

Ziel war es, die deutschen Überwasserschiffe und Marineoperationen zu behindern.

Wichtige britische U-Boot-Klassen waren die *E-Klasse* und die *K-Klasse*.

Die Boote der *E-Klasse* hatten ein robustes Design und waren für längere Patrouillen in den Nordseegewässern und im Mittelmeer ausgelegt. Sie hatten eine ähnlich langes, schmal gebautes Design wie die deutschen Hochsee-U-Boote, aber mit einem markanteren, höher aufragenden Turm. Ein Deckgeschütz befand sich auf der Bugseite. Ihr grauer oder graugrüner Farbanstrich war angepasst an die britischen Küstengewässer.

Bild 55: Ein britisches U-Boot der *E-Klasse* im Einsatz bei stürmischer See in der Nordsee.

Die Boote der *E-Klasse* wurden oft in der Nordsee eingesetzt, um gegen deutsche Schiffe und U-Boote zu operieren.

Die Briten arbeiteten in der Ostsee mit der russischen Marine zusammen, um die deutschen Kräfte in der Ostsee zu bekämpfen. Britische U-Boote unternahmen auch selbst einige Operationen in der Ostsee, was ein schwieriges Einsatzgebiet war, die Gewässer waren hier flach und gefährlich für die U-Boote.

Ein bemerkenswerter Erfolg war die Versenkung des deutschen Kreuzers SMS *Hela* im Jahre 1914 durch das britische U-Boot „*E-9*" in der Nordsee.

Auch das britische U-Boot „*E-11*" führte eine erfolgreiche Mission im Mittelmeer durch, wo es die Nachschubwege der deutschen und osmanischen Streitkräfte störte. Es gelang „*E-11*", einige deutsche Schiffe zu versenken, die Versorgungsgüter für das Osmanische Reich transportierten.

Die britischen U-Boote konzentrierten sich darauf, die Blockade gegen Deutschland zu unterstützen und die deutsche U-Boot-Bedrohung zu bekämpfen.

Die französische Marine verfügte ebenfalls über eine kleine, aber effektive U-Boot-Flotte.

Französische U-Boote operierten vor allem im Mittelmeer, um die dortigen deutschen und österreichisch-ungarischen Marineeinheiten zu stören.

Diese Einsätze betrafen hauptsächlich die Nachschubwege, auf denen die Mittelmächte versuchten, den Nahen Osten und Nordafrika zu unterstützen.

Die französischen U-Boot-Klassen waren weniger bekannt, aber einige wichtige Boote gehörten zur *Brumaire*-Klasse und der *PluviĈse-klasse*.

Die U-Boote der *Brumaire* Klasse waren kleiner als ihre deutschen und britischen Gegenstücke, mit einem niedrigen Profil, das ihnen eine bessere Tarnung in Küstengebieten ermöglichte. Sie besaßen einen kleineren Turm, mit einfachem Design. Hatten kein oder nur ein kleines Deckgeschütz.

Mit der hellgrauen Lackierung wollte man sich in den flacheren, sonnigen Gewässern des Mittelmeeres besser vor dem Gegner tarnen.

Die französischen U-Boot-Klassen waren technisch nicht so fortgeschritten wie die Briten oder Deutschen, und viele hatten mit mechanischen Problemen zu kämpfen.

Russland besaß ebenfalls eine Reihe von U-Booten, die hauptsächlich im Baltikum und in der Ostsee eingesetzt wurden. Ihre Aufgabe war es, die deutsche und österreichisch-ungarische Marine zu bekämpfen und die deutschen Versorgungswege im Baltikum zu bedrohen.

<u>Bild 56:</u> Ein französisches U-Boot der Brumaire-Klasse, das aufgrund seiner kompakten Bauweise seine Rolle in den Küstengewässern gerecht wurde.

Eine der bekanntesten russischen U-Boot-Klasse war die *Bars*-Klasse. Diese Boote waren am weitesten verbreitet und auch die erfolgreichsten der russischen U-Boot-Flotte.

Dieses Boot etwa 65 Meter lang, mit einer Wasserverdrängung von ca. 700 Tonnen war bewaffnet mit Torpedos und gelegentlich auch mit Deckgeschützen.

Ihre Einsatzgebiete Langstrecken-Patrouillen und die Jagd auf deutsche Handels- und Kriegsschiffe.

Für den Einsatz in der eisigen Ostsee waren sie ebenfalls ausgelegt.

Bild 57: Ein russisches U-Boot der *Bars*-Klasse. Aufgrund ihrer robusten Bauweise und ihrer Tarnung erfolgte der Einsatz vorwiegend in den kühlen Gewässern der Ostsee.

Die *Morzh*-Klasse war eine kleinere Klasse von U-Booten, der russischen U-Boot-Flotte. Sie wurden hauptsächlich für den Einsatz im Schwarzen Meer gebaut. Sie waren kleiner als die *Bars*-Klasse und mit vier Torpedorohren bewaffnet.

Der Einsatz dieser U-Boote erfolgte vorwiegend gegen die österreichische-ungarische und türkische Marine im Schwarzen Meer.

Die U-Boote der *AG*-Klasse *(„Amerikanische Holland-Boote")* wurden in der USA von der Firma Holland gebaut und dann nach Russland transportiert.

Diese U-Boote waren klein, aber sehr wendig und mit Torpedos bewaffnet.

Ihr Einsatz erfolgte vor allem für Küstenpatrouillen und bei Verteidigungsoperationen.

Die *„Minoga"* war das erste russische U-Boot mit Dieselantrieb, das bereits vor dem Krieg gebaut wurde.

Das Boot hatte ein sehr experimentelles Design, mit begrenzter Kapazität und wurde hauptsächlich als Schulungsboot eingesetzt.

Die russischen U-Boote hatten während des Krieges mit logistischen und technischen Schwierigkeiten zu kämpfen, waren aber in begrenzten Umfang im Einsatz und führten einige erfolgreiche Operationen durch.

Die Briten entsandten mehrere ihrer U-Boote, darunter die der *E*-Klasse, in die Ostsee, um mit den Russen gemeinsam gegen die deutschen Einheiten vorzugehen. Diese Zusammenarbeit führte zu einigen Erfolgen, insbesondere bei der Behinderung deutscher Nachschubwege und der Blockade von Seehandelsrouten.

Italien trat erst 1915 auf der Seite der Alliierten in den Krieg ein und begann auch U-Boote gegen die Mittelmeermächte einzusetzen, vor allem im Mittelmeer.

Italien setzte Boote der *Balilla*-Klasse und später modernere Typen, wie der *Foca*-Klasse ein.

Die U-Boote der *Foca*-Klasse waren vorwiegend für den Einsatz in den Küstengewässern des Mittelmeeres konzipiert.

Diese Boote besaßen ein sehr flaches Deck mit einem niedrigen Turm. Waren klein und kompakt und damit geeignet für schnelle Angriffe. Ihr Farbanstrich bestand aus hellen Farben, um sich in den klaren Mittelmeergewässern besser tarnen zu können.

Die italienischen U-Boote waren insbesondere gegen österreichische und deutsche Versorgungsschiffe aktiv.

Mit dem Eintritt 1917 der USA in den Krieg, obwohl ihre U-Boot-Streitkräfte im Vergleich klein waren zu denen der europäischen Mächte, setzten die Amerikaner dennoch die U-Boote im Atlantik ein. Es ging darum, deutsche U-Boote zu bekämpfen und eigene Konvois zu schützen.

Trotz einiger Erfolge waren die Einsätze gegnerischer U-Boote gegen die kaiserliche Marine begrenzt. Das lag vor allem daran, dass die deutsche Marine sich in gut geschützten Häfen aufhielt, wie Wilhelmshafen oder Kiel, und selten ohne massive Überwassersicherung auf See operierte.

<u>Bild 58:</u> Das italienische U-Boot der Foca-Klasse wurde durch die kompakte Bauweise seiner Rolle in den ruhigen Gewässern des Mittelmeeres gerecht.

Außerdem war die Nordsee stark vermint, was es für gegnerische U-Boote schwierig machte, tiefer in deutsches Operationsgebiet vorzudringen.

Ein weiteres Problem für die Alliierten war die begrenzte Reichweite und technische Zuverlässigkeit ihrer U-Boote.

Viele der U-Boot-Einsätze scheiterten aufgrund technischer Probleme oder schwerer See.

19.

Der Einsatz von Seeminen spielten eine besondere Rolle in der Seekriegsführung, sowohl für die Entente-Mächte als auch für die Mittelmächte, denn sie hatten nicht nur taktische, sondern auch strategische Bedeutung.

Minenfelder wurden in der Küstennähe und um Hafenanlagen angelegt, dabei ging es darum, diese vor feindlichen Angriffen zu schützen. Die Minenfelder bildeten eine defensive Barriere, die es gegnerischen Schiffen erschwerte, nahe genug heranzukommen, um Angriffe auf die Küste oder Häfen durchzuführen.

Besonders vor Marinestützpunkten wurden Minen platziert, es ging darum, den Zugang zu verhindern und die Flotte vor Überraschungsangriffen zu bewahren.

Zur Verteidigung der Deutschen Bucht blockierten Deutsche Minenfelder den Zugang zur Nordsee und machte es der britischen Royal Navy schwer, in deutsche Gewässer einzudringen.

Großbritannien schützte seine Häfen an der Ost- und Südküste intensiv mit Minenfeldern, um die wichtigsten Häfen wie Portsmouth, Dover und Scapa Flow vor Angriffen zu schützen.

Deutsche U-Boote legten die Minen in der Nähe der feindlichen Küsten, vor allem um Großbritannien herum. Diese Minenfelder sollten britische Kriegsschiffe und Handelsschiffe auf ihren Routen gefährden und den britischen Seehandel behindern.

Die britische Marine setzte dagegen Minen entlang ihrer Küsten ein, um deutsche U-Boote daran zu hindern, in britischen Gewässern einzudringen und Handelsschiffe oder Kriegsschiffe anzugreifen.

Die Minenfelder wurden oft in Kombination mit Patrouillenfahrzeugen und U-Boot-Abwehrnetzen eingesetzt, um die Bedrohung durch U-Boote zu minimieren.

Minensperren machten es einfacher, den Feind an strategisch wichtigen Punkten zu attackieren oder zu kontrollieren. Sie schufen *„Todeszonen"*, in denen es schwierig war, ohne Verluste auszukommen.

Auf See wurden Minensperren eingesetzt, um Schifffahrtsrouten zu blockieren und feindliche Schiffe zu zerstören.

<u>Bild 59</u>: Das große Torpedoboot „*V99*"lief am 17. August 1915 um 05.00 Uhr vor Pissen / Lettland auf zwei Minen und sank unter Verlust von 21 Mann.

Die deutsche und britische Marine legten große Minenfelder, um dem Zugang zu wichtigen Häfen zu kontrollieren.

Besonders berühmt war die deutsche „Nordsee-Minensperre", die die britische Grand Fleet in ihren Bewegungen einschränken sollte. Der Ärmelkanal wurde dabei mit einbezogen.

Diese Minenfelder waren darauf ausgelegt, die Bewegungen der feindlichen Flotten zu kontrollieren oder gar ganz zu unterbinden.

Die Deutschen legten Minen in den Meerengen Skagerrak und Kattegat, um die britische Nordseeflotte daran zu hindern, ungehindert in die Ostsee vorzudringen oder deutsche Schiffe in der Ostsee zu blockieren.

Die Deutschen legten Minen vor der Küste Belgiens, wo die britische Marine versuchte, deutsche U-Boot-Stützpunkte zu blockieren.

Die deutschen Minenfelder machten es den Briten schwer, die Region zu kontrollieren, und wirkten der britischen Seeblockade entgegen.

Minenfelder blockierten Engpässe und strategisch wichtige Meerengen, zur Verhinderung der Durchfahrt feindlicher Schiffe.

Diese Minenfelder waren darauf ausgelegt, die Bewegungen der feindlichen Flotten zu kontrollieren oder gar ganz zu unterbinden.

So legten Osmanen in der Meerenge Minenfelder bei der Verteidigung der Dardanellen, zur Verhinderung des Vordringens der britisch-französischen Flotte nach Istanbul. Während der Schlacht von Gallipoli 1915 führten diese Minen zur Versenkung mehrerer alliierter Schiffe und waren ein entscheidender Faktor für das Scheitern der alliierten Offensive.

Minenfelder führten zu hohen Verlusten an Schiffen, besonders im Handel, was die Versorgung der kriegsführenden Nationen stark beeinträchtigen konnte.

Seeminen wurden auch gezielt in Regionen platziert, in denen feindliche Kriegsschiffe operierten.

Deutsche U-Boote platzierten häufig ihre Minen nahe feindlicher Häfen, Marinebasen und vor Ankerplätzen, um feindliche Kriegsschiffe zu treffen.

U-Boote konnten unbemerkt in die Gebiete eindringen und Minen legen, die dann auf Handelsschiffe oder Kriegsschiffe trafen.

Der erfolgreiche Einsatz von Minen durch U-Boote ist die Versenkung des britischen Schlachtschiffes HMS „Russel" 1916 vor Malta. Die Mine war von einem deutschen U-Boot gelegt worden, und das Schiff sank nach einem schweren Treffer.

Offensiven Minenfelder zwangen die gegnerischen Flotten, beim Verlassen ihrer Stützpunkte vorsichtiger zu agieren, was ihre Bewegungsfreiheit stark einschränkte.

Deutsche Minenleger legten auch Minen nahe den britischen Marinestützpunkten, um Kriegsschiffe der Royal Navy beim Auslaufen aus ihren Basen zu treffen.

Dieses Schicksal ereilte das britische Schlachtschiff HMS „Audacious", das 1914 durch eine deutsche Seemine vor der irischen Küste versenkt wurde.

Ein wesentlicher Aspekt des defensiven Mineneinsatzes war die Abwehr von feindlichen U-Booten. Seeminen waren da eine der effektivsten Waffen, um U-Boote abzuwehren, die oft in Küstennähe operierten und dort Minenfelder durchqueren mussten.

Großbritannien reagierte auf die deutsche Minengefahr mit Gegenmaßnahmen mit dem Minenlegen und der Entwicklung von Minenräumtechniken.

Eines der größten Minenprojekte war die sogenannte „North Sea Mine Barrage" (Nordseeminen-Staudamm) die zwischen Schottland und Norwegen eingerichtet wurde. Die Minen mussten dreimal tiefer und über eine größere Entfernung verankert werden als jedes bisherige Marine-Minenfeld.

In einem Zeitraum von fünf Monaten ab Juni 1918 wurden fast 70.000 Minen über die nördlichen Ausgänge der Nordsee gelegt. Diese gigantische Minenbarriere sollte die Nordsee absichern und den deutschen U-Booten unmöglich machen, in den Atlantik vorzustoßen.

Die Gesamtzahl der in der Nordsee, an der britischen Ostküste, der Straße von Dover und in der Helgoländer Bucht gelegten Minen wird auf 190.000 geschätzt.

Die Gesamtzahl während des gesamten Ersten Weltkrieges betrug 235.000 Seeminen.

In vielen Fällen wurden Minen mit Sperrnetzen kombiniert. Diese Netze waren dazu gedacht, feindliche U-Boote aufzuhalten, die unter der Wasseroberfläche operierten. Die Minen waren an den Netzen befestigt, sodass ein U-Boot, das das Netz durchbrach, die Minen zur Detonation bringen konnten.

Es machte sich für die U-Boote noch gefährlicher, diesen Gebieten zu nähern.

Seeminen waren entweder Ankerminen, die unter der Wasseroberfläche schwebten und bei Kontakt mit einem Schiff explodierten, oder Grundminen, die auf dem Meeresboden lagen. Sie wurden sowohl von Minenlegern als auch von U-Booten platziert.

Bild 60: Explosion einer Grundmine.

Besonders verheerend war, dass Minen auch neutrale Schiffe treffen konnten, was die Kriegsführung im Seegebiet besonders riskant machte.

Es kam auch vor das die eigenen Minen, eigene Schiffe versenkten, wie das britische Krankenhausschiff, HMHS „Britannic", das Schwesterschiff der „Titanic" und der RMS „Olympic".

Das erste Minenopfer dieser Art, aber war der deutsche Kreuzer „York". Er sank 1914 im Jadebusen in einem deutschen Minenfeld.

1916 versenkten deutsche Minen bei den Shetlandinseln den britischen Kreuzer „Hampshire" mit Englands Kriegsminister, dem legendären Lord Kitchener an Bord.

Der offensive Einsatz von Seeminen hatte auch einen erheblichen psychologischen Effekt auf die gegnerische Seite. Die ständige Bedrohung durch unsichtbare Minenfelder machte es für feindliche Kapitäne schwer, ohne Angst vor Minentreffern zu operieren.

Besonders die britische Marine, die stark auf ihre Seeüberlegenheit angewiesen war, musste aufgrund der deutschen Minenfelder sehr vorsichtig agieren, was ihre Handlungsfähigkeit einschränkte.

Selbst wenn die Minen nicht direkt getroffen wurden, mussten Schiffe oft lange Umwege fahren, was den Seetransport und die Kriegsführung verkomplizierte.

Neben den klassischen Kontaktminen kamen auch spezielle Typen von Seeminen zum Einsatz.

Eine offensive Variante waren Torpedo-Minen, die beim Auslösen einen Torpedo auf das Ziel abfeuerten. Diese Minen wurden in besonders stark befahrenen Seewegen platziert, wo es sehr wahrscheinlich war, dass Schiffe die Minen auslösen würden.

Offensive Minen konnten erheblichen Schaden anrichten und waren schwer zu entdecken.

Die Planer von Minenfeldern kamen zu dem Schluss, dass die Minenfelder 24 bis 56 Kilometer breit sein müssten und mehrere

Reihen besäßen, um wirksam zu sein. Zur Vergrößerung, der von einer Mine abgedeckten Fläche, fügten die Vereinigten Staaten einen zusätzlichen Zünder hinzu, der an einem 30 Meter langen Kabel und einen Schwimmer befestigt war. Mit dem neuen „Antennenzünder" konnte eine Mine eine 30 Meter hohe Wassersäule abdecken. Wenn ein Schiff das Kabel streifte, konnte die aufsteigende Explosion es beschädigen oder zerstören.

Die amerikanische Industrie und die US-Navy machten sich daran, das Minensperrwerk in der Nordsee Wirklichkeit werden zu lassen.

Dazu wären 100.000 Antennenminen notwendig gewesen.

Die US-Regierung vergab Aufträge im Wert von 40 Millionen Dollar an verschiedene Unternehmen, damit kein einziges Bauteil den Plan verraten konnte.

Frachter verschifften die Teile zu Montagegewerken im schottischen Inverness. Dort bauten amerikanische Seeleute täglich 1.000 Minen zusammen. Jede Mine war mit Sicherheitsvorrichtungen ausgestattet, die sie scharfmachten, wenn die Minenleger sich entfernten.

Die alliierten Streitkräfte begannen im Juni 1918 damit, diese Minen in der Nordsee zu verlegen.

Ein aufgetauchtes U-Boot brauchte bei Tageslicht drei Stunden, um durch sechs bis zehn Minenreihen zu fahren.

Alliierte Patrouillenflugzeuge über der Nordsee zwangen U-Boote jedoch oft, abzutauchen oder nachts zu fahren.

Untergetauchte U-Boote brauchten mindestens doppelt so lange, um eine ähnliche Strecke zurückzulegen.

Mit mehr als 50.000 Minen, die innerhalb weniger Monate gelegt wurden, versenkte oder beschädigte das „Minenfeuer" in der Nordsee bis zu 21 U-Boote und verringerte die Wirksamkeit anderer. Es hielt deutsche Kriegsschiffe davon ab, alliierte Schiffe zu überfallen, die Eisenerz aus dem neutralen Norwegen nach England transportierten.

Das Sperrfeuer erwies sich als Erfolg für die amerikanische Marine, Technik und Industrie.

<u>Bild 61:</u> Ein gegen Ende des Kriegs gebauter Langstrecken-U-Boot-Minenleger der Klasse „*UE II*" zum Einsatz vor der amerikanischen Küste.

Neben dem großflächigen Minenlegen gab es auch gezielte Einsätze, bei denen feindliche Schiffe bewusst in Minenfelder gelockt oder angegriffen wurden.

Häufig wurden diese Einsätze in Kombination mit anderen offensiven Maßnahmen durchgeführt, wie z. B. Überwasserangriffe oder U-Boot-Angriffe, um den Feind in eine Falle zu locken.

Ein Beispiel dafür war die Taktik, feindliche Kriegsschiffe in einem scheinbar sicheren Gebiet mit versteckten Minen zu überraschen. Deutsche Minenleger und U-Boote arbeiteten oft zusammen, um diese Fallen zu stellen.

Insgesamt zerstörten deutsche Minen in den vier Kriegsjahren über 1,2 Millionen Bruttoregistertonnen der alliierten Handelsmarine.

Dabei kamen vorwiegend zum Einsatz Kontakt- und Grundminen.

Kontaktminen explodierten, sobald ein Schiff direkt mit ihnen in Berührung kam.

Sie waren die am häufigsten eingesetzten Seeminen des Ersten Weltkrieges und spielten eine bedeutende Rolle in der Offensiven und defensiven Seekriegsführung.

Zu den Kontaktminen gehörten die Anker- und die Berührungsminen.

Grundminen lagen auf dem Meeresboden und explodierten, wenn sie durch den Wasserdruck eines sich nähernden Schiffes ausgelöst wurden.

Sie waren besonders nützlich in seichten Gewässern, wo Schiffe nahe am Meeresboden segelten.

Es gab die druckempfindlichen und magnetischen Grundminen in verschiedenen Entwicklungsstadien.

Eine fortschrittlichere Form der Seeminen waren Torpedominen, die nicht nur bei Berührung explodierten, sondern einen Torpedo auf das Ziel abfeuerten. Sie kombinierten die Fähigkeit, aus der Entfernung zu treffen.

Die Driftminen trieben frei im Wasser und wurden nicht verankert. Sie waren besonders gefährlich, da sie unvorhersehbar waren und sowohl für feindliche als auch eigene Schiffe eine Gefahr darstellten.

Jede dieser Minenarten hatten ihre eigenen Stärken und Einsatzmöglichkeiten, und ihre kombinierten Nutzungen machten den Minenkrieg im Ersten Weltkrieg zu einer zentralen Komponente der Seekriegsführung.

Bild 62: Deutsches U-Boot im New Yorker Central Park (1917).

1917 bot sich den New Yorkern in ihrem Central Park ein skurriler Anblick. Ein deutsches Unterseeboot, das vor nicht allzu langer Zeit für das Kaiserreich im Einsatz gewesen war. Es handelte sich um SM „UC-5", ein minenlegendes U-Boot, das 1916 in Kiel in Dienst gestellt worden war.

„UC-5" versenkte in nicht ganz einem Jahr nahezu 30 alliierte Schiffe, bis es schließlich auf eine Sandbank auflief und von einem britischen Kriegsschiff aufgegriffen wurde.

Statt es zu versenken, nutzten es die Briten hingegen als Propagandamittel, um die Bevölkerung zu motivieren.

Auch die Amerikaner sollten „UC-5" sehen.

Demontiert wurde es über den Atlantik gebracht und aufgestellt.

Die vielen Tausend Betrachter sollten vor allem Kriegsanleihen zeichnen.

20.

Minensucher spielten im Ersten Weltkrieg eine entscheidende Rolle bei der Sicherung von Seewegen und dem Schutz der eigenen Schiffe vor feindlichen Minen.

Der Seekrieg umfasste zahlreiche Seeminenfelder, die zur Sperrung wichtiger Routen und zur Verteidigung vor feindlichen Flotten gelegt wurden.

Minensuchoperationen waren daher von zentraler Bedeutung, um die Beweglichkeit und Versorgung der eigenen Schiffe zu gewährleisten.

Zu den Aufgaben gehörte nicht nur das Räumen von Minen, sondern auch das Legen eigener Minenfelder.

Die Minenfeldräumer des Ersten Weltkrieges waren oft umgerüstete zivile Schiffe, wie Fischkutter und Dampfschlepper, die speziell für die Räumung von Seeminen angepasst wurden.

Manchmal wurden auch kleinere Kriegsschiffe zu Minensuchern umfunktioniert.

Zu Beginn des Krieges gab es, drei aktive Minensuchdivisionen, die friedensmäßig aus einem alten Torpedo-Divisionsboot und zehn kleinen Torpedobooten bestand. Die kleinen Boote bildeten zwei Suchgruppen zu je vier Booten, die restlichen zwei Boote, die dazu dienten, das abgesuchte Fahrwasser durch rote und schwarze Fahrwasserbojen zu kennzeichnen.

Die drei Minensuchdivisionen waren in Cuxhaven stationiert und wurden mit Kriegsbeginn der Hochseeflotte unterstellt.

Mobilmachungsmäßig wurden auf 15 Boote aufgefüllt.

Eine Division hatte zunächst eine Vorpostenlinie, um die Helgoländer Bucht zu bilden, die anderen Divisionen suchten abwechselnd die Helgoländer Bucht und besonders den Weg Jade - Elbe nach Minen ab.

Auf Grund, die mit ihren alten kleinen Torpedobootsgeschützen nahezu wehrlosen Minensuchbooten, die bald für ihren eigentlichen Dienst bald bitternötig wurden, zog man sie aus dem Vorpostendienst zurück.

Minensucher wurden hauptsächlich eingesetzt, um Minenfelder zu räumen, die die gegnerischen Seiten angelegt hatten, um Häfen, Küsten und wichtige Seewege zu blockieren. Der Fokus lag darauf, sichere Korridore für die eigene Handels- und Kriegsmarine zu schaffen.

Neben den alten aktiven Minensuchdivisionen wurden mobilmachungsmäßig Hilfsminendivisionen geschaffen, die zum Teil nur zur Sicherung der Flussmündungen und Hafeneinfahrten dienten, zum Teil aber auch zu Hochseeverbänden herausgebildet wurden.

Bis zum Schluss des Jahres 1914 lauteten die täglichen Meldungen der Minensuchdivisionen in der Nordsee, dass sie ihre Minensuchaufgaben durchgeführt hätten, ohne Minen zu finden.

Erst im Januar 1915 kam eine Meldung vom Sinken eines norwegischen Dampfers, was eine Minensperre nordwestlich der Amrum-Bank vermuten ließ.

Die 3. Minensuchdivision stellte dort am 12. Januar die erste Minensperre fest und beim ersten Auftreffen detonierte eine Mine mit hoher Sprengsäule in einer Suchleine gleichsam als Warnung.

Nun wurde es ernst.

Der 1. und 3. Minensuchdivision wurde die Aufgabe zugeteilt, die Sperre und eine im Anschluss daran gefundene weitere Sperre wegzuräumen.

Die Schiffe waren mit Schleppeinrichtungen, Scheren und Drahtseilen ausgestattet, um die Minen zu kappen, oder sie auf eine sichere Distanz zu ziehen, wo sie dann zur Explosion gebracht werden konnten.

Minensucher waren oft leicht bewaffnet, da ihre primäre Aufgabe nicht im Kampf, sondern in der Räumung von Minenfeldern lag.

Der Einsatz als Minensucher war äußerst riskant und gefährlich. Die Besatzungen mussten äußerst diszipliniert arbeiten, unter der ständigen Bedrohung durch Minen Detonationen.

Die Detonationsgefahr bedeutete, dass auch der kleinste Fehler oft zum Verlust des Schiffes und der Mannschaft führen konnte.

Das machte Minenbesucherbesatzungen besonders erfahren und entschlossen.

Es gab strenge Sicherheitsprotokolle, um die Besatzungen im Falle einer Detonation zu schützen, obwohl die Überlebenschancen bei einer Minenexplosion nahe am Schiff oft gering war.

Dazu kann noch die Gefahr von Angriffen feindlicher U-Boote oder Artillerieangriffe.

Bild 63: Minensuchboot-Flottille im Einsatz

Viele Minensucher gingen bei ihren Einsätzen verloren oder wurden schwer beschädigt.

Bald zeigte sich die Unzulänglichkeit des Räumgerätes, da es sich jetzt darum handelte, ausgedehnte Sperren wegzuräumen.

29 geräumte Minen am Tage waren die Höchstleistung.

So ging das Minenräumen nur langsam vorwärts.

Es wurde beschlossen durch die Flottenleitung nur noch die Lage und den Umfang der Minensperren von den Minensuchdivisionen feststellen zu lassen, eine Räumung aber nur so weit vorzunehmen, wie es nötig wurde, um Flotte und U-Boote günstige Aus- und Einfahrtswege freizuhalten.

Im Verlaufe des Krieges wurden die Minensuchtechniken verbessert. Neue Methoden zur Minensuche entwickelten sich rasch weiter und spezialisierte Geräte wurden entwickelt, um effizienter zu arbeiten und Verluste zu minimieren.

Eines der frühesten und effektivsten Mittel war das Schleppen von Stahlkabeln oder Drahtseilen zwischen zwei Schiffen, den sogenannten Minensuchern.

Die Schleppdrähte wurden etwa ein bis zwei Meter unterhalb der Wasseroberfläche geführt, um die Ankerketten der Minen zu erfassen. Sobald die Drahtseile eine Mine berührten, schnitten sie deren Verankerung durch.

Die Mine stieg dann an die Oberfläche und aus sicherer Entfernung vom Minensucher durch Beschuss zur Explosion gebracht.

Neben den Schleppdrähten kamen oft spezielle Geräte wie Scherbäume und Scherräder zum Einsatz. Diese waren an den Schleppdrähten befestigt und ermöglichten das Erfassen der Ankerkabel der Minen.

Scherbäume waren zumeist lange, metallene Gestaltungen, die von den Seiten des Minensuchers aus dem Wasser ragten und sich an den Minenketten verhaken konnten.

Diese Methode erleichterte das Durchtrennen der Minenkabel, damit die Minen an die Wasseroberfläche gelangen konnten.

In besonders dichten Minenfeldern erfolgte das Einsetzen von Schleppnetzen. Sie ähnelten Fischernetzen, waren aber für die Minensuche verstärkt.

Die Schleppnetze wurden hinter einem Minensucher hergezogen und fingen die Minen, die sich dadurch entankerten und anschließend an der Wasseroberfläche unschädlich gemacht wurden.

Zu Beginn des Krieges erfolgte der Einsatz oft umgebauter ziviler Schiffe, aber später kamen die spezialisierten Minenräumboote, die mit besseren Schleppsystemen und stabileren Schrägstellungen ausgestattet waren.

Diese Boote waren kleiner und manövrierfähiger, sodass sie in dichten Minenfeldern navigieren konnten, ohne selbst auf eine Mine zu laufen.

Bild 64: Der Minenwerfer sichtet einen aus dem Wasser hervorragenden und einen Periskop vortäuschenden Pflock, der auf einer Mine befestigt ist.

Sobald eine Mine an die Wasseroberfläche gebracht war, musste sie unschädlich gemacht werden. Dies geschah durch Schüsse aus sicherer Entfernung. Einige Minensucher hatten dafür leichte Geschütze an Bord, mit denen sie die Minen zur Explosion brachten. Alternativ wurden Minen teilweise auch mit langen Stangen oder speziellen Vorrichtungen von Deck aus zur Explosion gebracht.

Gegen Ende des Ersten Weltkrieges entwickelten einige Marinen Methoden, um Minenfelder mithilfe von Sonaren, ähnlichen, akustischen Geräten zu erkennen.

Diese Technik befand sich jedoch noch in den Kinderschuhen.

Die Minensucher operierten oft in Gruppen und nach einem besonderen Muster, um ein möglichst weites Gebiet abzudecken. Die Schiffe bewegten sich langsam und systematisch in festen Bahnen, um keine Stelle auszulassen.

In besonders gefährlichen Gebieten wurden Begleitschiffe eingesetzt, die die Minensucher vor feindlichen Angriffen und U-Booten schützen sollten.

So erhielt die kaiserliche Marine wieder einmal, wie so oft den Bericht über ein Minenfeld, das britische Zerstörer in der Nacht gelegt hatten.

Ein kleiner Verband deutscher Minensucher, bestehend aus umgebauten Fischereischiffen und dampfbetriebenen Schleppern, wurden entsandt, um die Minen zu räumen und die wichtige Passage offen zu halten.

In den frühen Morgenstunden machten sich die Minensucher auf den Weg zum bekannten Minenfeld.

Die See war ruhig, aber ein leichter Nebel hing in der Luft, was die Sicht einschränkte.

Die Schiffsbesatzungen waren nervös, sie wussten, dass jede falsche Bewegung den Tod bedeuten konnte.

Der Kommandant gab das Signal zum langsamen Vorrücken und befahl: „Schleppdrähte und Scherbäume ins Wasser lassen!"

Die Minensucher bewegten sich nach einem strengen antrainierten Muster, das sogenannte „Rechenmuster", um das Gebiet Stück für Stück abzusuchen.

Plötzlich spürten die Männer einen Widerstand im Schleppdraht.

Eine Mine hatte sich verhakt.

Alle an Bord hielten den Atem an, während die Mine von der Verankerung gerissen wurde und langsam zur Wasseroberfläche aufstieg.

Als die Mine aus dem Wasser auftauchte, zeigte sich ihre volle Bedrohlichkeit.

Eine große, kugelförmige Konstruktion, über sät mit Kontaktstacheln, die bei der kleinsten Berührung explodieren konnten, schaukelte auf den Wellen hin und her.

<u>Bild 65:</u> Ein Minensucher hat sich in dem Minentau verfangen und die Mine unter sich gezogen, wodurch er in höchster Gefahr schwebt, bis die Mine hervorgeholt werden kann.

Die Besatzung hielt gebührenden Abstand.

Ein erfahrener Seemann nahm eine lange Stange und überprüfte die Entfernung zur Mine, während andere Männer das Bordgeschütz vorbereiteten.

Der Kommandant wandte sich dem Bordgeschütz zu und gab den Befehl: „Feuer ... frei!"

Nach mehreren Schüssen traf einer die Mine an der richtigen Stelle.

Ohrenbetäubender Knall!

Eine gewaltige Wasserfontäne schoss in die Höhe, die das kleine Minenschiff heftig ins Schwanken brachte.

Die Besatzung klammerte sich an Deck fest, um nicht über Bord gespült zu werden.

Die Explosion der Mine war für die Männer ein Moment der Erleichterung, aber auch ein ernster Hinweis darauf, wie gefährlich der Job war.

Der Rauch und das meterhohe Spritzwasser verzogen sich allmählich.

Die Minensucher setzten ihren Kurs fort, wohlwissend, dass noch viele weitere Minen auf sie warten könnten.

Plötzlich ertönte vom Ausguck her die Meldung: „In südwestlicher Richtung in unserer Nähe ein englisches U-Boot!"

Der Kommandant entschied jedoch, die Suche fortzusetzen.

Sie blieben dabei wachsam, um bei Bedarf das Gebiet schneller verlassen zu können.

Erneut eine Meldung vom Ausguck: „Wellenmuster in der gleichen Richtung, sie könnten von einem Seerohr stammen!"

Die Anspannung stieg.

Nach mehreren Stunden systematischen Minensuchens hatte die Minenräumboote ein Großteil des Minenfeldes geräumt.

Von dem unbekannten U-Boot war weit und breit nichts mehr zu sehen.

Der Erfolg wurde gemeldet und dann machten die Minenräumboote sich langsam auf den Rückweg.

Stets lauerte der unsichtbare Feind, und das gefährliche Kriegshandwerk des Minensuchers hatte schon viele Opfer gefordert bei ihren ständigen Einsätzen.

Die Männer waren erschöpft, aber auch zufrieden, denn sie wussten, dass sie anderen Schiffen einen sicheren Weg ermöglicht hatten.

In einigen Stunden konnten weitere Frachtschiffe, aber auch Kriegsschiffe passieren, weil das Meer jetzt hier an der Stelle frei von der tödlichen Bedrohung durch Minen war.

Die alten Einkesselboote zeigten sich bald den Anforderungen des ununterbrochenen Dienstes nicht mehr gewachsen. Man entschloss sich, daher die Boote der 3. und dann der 1. Minensuchdivision durch die zuerst fertig werdenden neuen M-Boote zu ersetzen.

Die M-Boote waren große Boote von ungefähr 500 Tonnen Wasserverdrängung, gebaut auf Vorschlag der Ostseestreitkräfte und waren ursprünglich für die Ostsee bestimmt.

Bild 66: Unterseeboot in Gefahr. Die Mannschaft versucht, die Kette, an der die Mine befestigt ist, zu durchschneiten.

Später wurde die schwache Bestückung dieser brauchbaren und sehr seetüchtigen Boote durch zwei bis drei moderne 8,8 cm- oder 10,5 cm-Torpedobootgeschütze ersetzt.

Sie besaßen jetzt eine genügende Kampfkraft, um leichten englischen Seestreitkräften die Zähne zeigen zu können.

Das Antreffen immer weiterer Sperren erforderte nicht nur eine Vermehrung der Bootszahl, sondern es erwies sich auch eine Verbesserung der Geräte als dringend notwendig.

Die Sperren wurden in der Zukunft nur noch mit dem Suchgerät nach Richtung und Ausdehnung festgestellt.

Über die festgestellte Sperre wurde nacheinander in Rotten zu zweien mit dem Trossenräumgerät entlang gefahren und die Minen so zusammengerissen, bis sie gegeneinanderschlagend detonierten.

Waren die Minenankertaue schon morsch, so rissen auch zahlreiche Minen ab.

Bei der Detonation wurde der Teil der Trosse, der die Mine gefasst hatte, durchschlagen, sodass die Rotte Geräte aufnehmen musste und die nächstfolgende Rotte in Tätigkeit trat.

Bild 67: Minensuchboot M „23" sinkend.

Nach dem Räumen einer Sperre wurde das ganze Gebiet noch einmal mit dem Suchgerät genau abgesucht.

Mit der Entwicklung neuer Geräte, das schnellere Räumen und die verdoppelte Suchbreite erhöhten sich die Leistungsfähigkeit so, dass die Aus- und Einfahrt der Flotte und U-Boote gesichert erschien.

Da trat im Mai 1917 eine Wendung ein, die nicht unbedenklich war.

Die Engländer setzten neue Minen ein, die eine schnellere wirkende Zündung hatten und außerdem noch flach standen.

Die 1. Flottille verlor dadurch auf einer kleinen Sperre von nur 40 Minen zwei M-Boote.

Das war ein ernstes Alarmsignal.

Bild 68: Suchen nach Überlebenden.

In Zukunft war mit weit gefährlicheren Minen zu rechnen.

Im Jahre 1918 schien es fraglich, ob bei den vielen Verlusten und der immer regeren englischen Minenwurftätigkeit die

Offenhaltung der Ausgänge im kommenden Winter überhaupt noch möglich sein würden.

Da wurde zur rechten Zeit wieder das richtige Gegenmittel gefunden.

Bei der Hilfsminensuchtflottille der Nordsee wurde als Schutz für die Fischdampfer ein Bugschutzgerät konstruiert.

Es wurde vorn an einer ins Wasser gesenkten Spier mit Leinen auf jeder Seite des Schiffes ein Drachen geschleppt, der genügend weit seitlich steuerte und mit einem Schneideapparat alle von der schrägen Schleppleine zu ihm geführten Ankertaue abschnitt.

Dieses Bugschutzgerät wurde im Sommer/Herbst 1918 nacheinander auf allen M-Booten eingebaut und bewährte sich glänzend, wenn es auch erst in der allerletzten Zeit des Krieges zum Tragen kam.

Jedenfalls war dadurch das weitere Offenhalten der Deutschen Bucht gesichert.

Es war selbstverständlich, dass man Minensuchverbände bei ihrer Tagarbeit weit draußen gegen überlegene feindliche Angriffe schützen musste.

In der ersten Zeit übernahmen weiter außenstehende Torpedobootflottillen die Sicherung der räumenden Verbände.

Bald erwies sich dies nicht mehr als durchführbar, da die hin- und herfahrenden Torpedoboote feindlichen U-Bootangriffen und dem Auflaufen auf unbekannte Sperren ausgesetzt waren.

Es wurde dann tägliche Luftsicherung durch Luftschiffe und Flugzeuge eingerichtet, die aber nur wenige Tage bei klarer Sicht wirkliche Sicherheit gewährleisten konnten.

Bei den Arbeiten weit draußen wurden später kleinere Kreuzer mitgeschickt, die sich hinter den arbeitenden Verbänden im minenfreien Fahrwasser aufhielten und ihrerseits gegen U-Bootangriffe durch Torpedoboote geschützt wurden.

Das Minen suchen in der Ostsee wurde durch die Russen erheblich erschwert. Diese legten außergewöhnlich starke und komplizierte Minengürtel an, die erst durchbrochen werden mussten und die meist von der russischen Artillerie stark verteidigt wurden.

Die Russen überraschten die Deutschen mit Minenbündel, die mit Perl- oder Bukettminen bestückt wurden.

Die Minenbündel waren an einem Ankertau verankert, und zwar derart, dass nur eine Mine in der eingestellten Tiefe stand, während die übrigen dicht am Anker auf Grund ruhten. Wurde nun die obere Mine von dem deutschen Minensucher gefunden, und weggeräumt, dann stieg aus dem Bündel von unten selbstständig nach einer gewissen, aber unregelmäßigen Zeit die nächste Mine auf, sodass trotz aller Mühen der Minensucher das Minenfeld sich selbst erneuerte, ohne dass besondere feindliche Minenleger dabei tätig waren.

Eine andere Einrichtung der Russen war die, dass die Ankertaue der Minen aus zwei Stücken bestanden, die gewissermaßen durch eine ganz kleine Drehtür verbunden waren. Kam die Suchleine der deutschen Minensucher an das Ankertau, so rutschte sie bis an diese Drehtür und durch diese „Tür", d. h., die Mine blieb stehen und die Suchleine spazierte durch das Ankertau, ohne diese zu beschädigen.

21. Die zunehmende Ausdehnung des U-Bootkrieges drängte zu der Entwicklung eines neuen, größeren U-Bootstyps, des U-Bootkreuzers. Damit sollte auch der U-Bootkrieg in die Ozeane, bis an die amerikanische Küste verlegt werden. Das bisherige U-Boot konnte diese zwar erreichen, sich aber dort nicht lange aufhalten, weil der Hin- und Rückmarsch einen wirkungsvollen Einsatz der Boote zu sehr schwächte.

Entsprechend dem Verwendungszweck traten andere Gesichtspunkte für den Bau dieses Typus in den Mittelpunkt. Dies war ein großer Aktionsradius, der gestatten musste, bei einer guten Marschgeschwindigkeit monatelang ohne jede Landberührung in See zu bleiben, verbunden mit erhöhter Seefähigkeit.

Da das Operationsgebiet der U-Kreuzer außerhalb der starken Abwehrzonen, die nur in der Nähe der Küsten lagen, wurde die Verwendungsmöglichkeit eine wesentliche andere.

Obwohl die U-Bootkreuzer wenige Einsätze hatten und eher, als experimentelle Schiffe galten, spielten sie eine besondere Rolle im Seekrieg.

Sie kombinierten Merkmale von U-Booten und Überwasserkreuzern.

Dies waren lange Reichweiten, um auch in entfernte Gewässer zu gelangen. Der Besitz von starker Bewaffnung für Überwassergefechte und hohe Transportkapazitäten, um größere Vorräte mitzunehmen oder Handelskrieg effektiv zu führen.

In ihrem Operationsgebiet galt es, abgesehen von der normalen Unterwasserkriegsführung, besonders den Kampf gegen die zum Teil sehr gut bewehrten feindlichen Dampfern aufzunehmen. Dazu gehörte eine starke Artilleriebewaffnung mit genügend Munitionsvorrat, Entfernungsmessgeräten und Weiteres. Voraussetzung war auch eine Überwassergeschwindigkeit, die es erlaubte, gerade die wertvolleren, schnellen Schiffe einzuholen.

Solcher U-Bootkreuzer unter anderen waren die der U-139-Klasse. Diese waren speziell für militärische Einsätze gebaut. Sie verfügten über 15-cm-Deckgeschütze. Hatten bei ihrer hohen Seetüchtigkeit eine Reichweite von bis zu 25.000 Kilometern.

So lag die Hauptkampfkraft des Untersee-Kreuzers im Überwassergefecht, während der Unterwasserangriff mehr Gelegenheitsmoment blieb.

U-Bootkreuzer wie „U-151" und „U-139" erzielten bemerkenswerte Versenkungen und trugen zur Bedrohung der alliierten Handelsrouten bei. Sie konnten Operationen durchführen, die weit über die Kapazitäten normaler U-Boote hinausgingen.

Bild 69: U-Boot-Kreuzer in voller Fahrt.

Der Einsatz von U-Bootkreuzern hatte aber auch seine Grenzen. Die Boote waren teuer und technisch anspruchsvoll in der Herstellung. Ihre Größe und langsame Tauchgeschwindigkeit machten sie anfälliger für feindliche Angriffe und sie existierten nur in einer geringen Stückzahl und konnten daher keine strategische Wende herbeiführen.

Der erste, der eigentliche Untersee-Kreuzer wurde im Sommer 1918 fertiggestellt und trat im Juli seine Fahrt nach der nordamerikanischen Küste an.

Wenn auch kleine technische Störungen, welche bei jedem neuen Typ, der seine praktischen Erfahrungen sammeln musste, auftraten, so waren sie eine hervorragende Konstruktion und hätten im weiteren Verlauf des Krieges eine bedeutende Rolle spielen können.

Bei schlechtem Wetter ging es mit 14 sm durch das minenverseuchte Gebiet der Nordsee.

Wind und Seegang nahmen zu.

Wassermassen brachen über das Deck. Sie fingen sich zwischen dem Drückkörper und dem Aufbaudeck und konnten nicht so schnell wieder abfließen.

Der U-Boot-Kreuzer legte sich mit 40 Grad Schlagseite nach der Luvseite über, ohne sich wieder aufzurichten.

Die Akkumulatoren liefen über.

Bei der Gefahr des Kenterns konnte trotz kleinster Fahrt der Kurs nicht mehr gehalten werden.

Es musste direkt gegen die See gesteuert werden und statt nach Westen, lief der U-Kreuzer nach dem Nordpol zu.

Erst nach mehreren Tagen wurde der Himmel freundlicher und die Luken konnten zum ersten Mal geöffnet werden.

Die Arbeit begann mit dem Einschneiden großer Löcher in die Bordwand, sodass in Zukunft das Wasser wieder schnell genug ablaufen konnte.

Die Fahrt ging dann auch ohne weitere Vorkommnisse, ohne nennenswerte Ereignisse zum Operationsgebiet.

In unmittelbarer Nähe der amerikanischen Küste begann die erfolgreiche Jagd.

Bild 70: U-Kreuzer bei starken Seegang.

Die Bewaffnung der feindlichen Dampfer hatte solche Fortschritte gemacht, dass die Gefechte bereist auf 15 km Entfernung begannen und der U-Kreuzer mit deckenden Salven belegt wurde.

Trotzdem entkamen nicht viele, der angegriffenen Schiffe.

Diese Erfolgsserie dauerte nur wenige Tage.

Während eines Gefechtes mit einem ehemals deutschen Dampfer der Woermann-Linie erschienen herbeigerufene Zerstörer, die zur Bewachung des Schiffes eingesetzt waren und zwang den U-Kreuzer zum Tauchen.

Durch ein Leck in den Öltanks wurde die Stellung des U-Bootes an der Wasseroberfläche durch einen sich ständig vergrößernden Ölfleck kenntlich gemacht.

Dies ermöglichte dem Feind, erfolgreich Wasserbomben einzusetzen.

Der Druckkörper des U-Kreuzers wurde an mehreren Stellen leckgeschlagen und der Wassereinbruch wuchs allmählich so stark an, dass der U-Kreuzer nur noch unter Wasser gehalten werden konnte, indem der Ballast der Tauchtanks ausgeblasen wurde, während das Innere des Bootes volllief.

Vielleicht noch eine Viertelstunde, dann hieß es - hinunter oder hinauf - dem Feind in die Arme.

Da hörte die Bombenwerferei auf.

Wenige Minuten später zeigte ein Blick durch das Sehrohr, dass die Bewachung, wohl aus Mangel an Bomben und in dem Glauben, das U-Boot sei vernichtet, nach Hause fuhr.

Nach kurzer Zeit konnte aufgetaucht werden und sofort wurde mit der Abdichtung des Bootes begonnen.

Dies gelang aber nur notdürftig.

Wohl konnte bedingt noch unter Wasser gegangen werden, doch die Leckagen der Öltanks waren nicht zu beseitigen.

35 Tonnen Ölverlust wurden festgestellt und weitere Verluste standen bevor.

Der Rückweg war nicht mehr sicher und musste auf kürzestem Wege angetreten werden.

Zunächst half der Golfstrom mit.

Zeit war genug vorhanden und so trieb der U-Kreuzer mit abgestellten Maschinen tagelang in östliche Richtung, bis der Strom zu schwach wurde.

So musste nach kurzem Aufenthalt im Operationsgebiet die Unternehmung abgebrochen werden, das hatte zur Folge, dass die Leistungsfähigkeit des Kreuzers nicht voll zur Geltung gekommen war.

Mit einem Brennstoffvorrat für noch zwei Tage wurde endlich der Kieler Hafen erreicht.

Der Ölverlust war mittler weile auf 65 Tonnen gestiegen.

Der zurückgelegte Weg des U-Kreuzers betrug 11.000 Seemeilen, dabei wurden 35.00 Tonnen versenkt.

Bild 71: Am 15-cm-Geschütz eines U-Kreuzers.

Der zweite dieser Kreuzer lief Ende September zu seiner ersten Fahrt aus, welch er, ohne sein Ziel überhaupt erreicht zu haben abbrechen musste.

Die U-Bootkreuzer des Ersten Weltkrieges waren ein innovativer Versuch, die Reichweite und Schlagkraft der U-Boot-Waffe zu erweitern. Sie spielten eine wichtige Rolle im Handelskrieg, konnten aber aufgrund technischer und strategischer Einschränkungen keine entscheidenden Erfolge erzielen.

Dennoch legten sie den Grundstein für spätere Entwicklungen von Langstrecken-U-Booten, die im Zweiten Weltkrieg noch bedeutender wurde.

22.

Die britische Seeblockade hatte über den Verlauf des Krieges hinweg Deutschland schwer zugesetzt. Die Blockierung schnitt die Versorgungslinien ab, was zu Versorgungsengpässen und Hunger führte. Da die deutsche Marine weitgehend auf den Schutz der eigenen Küsten beschränkt war, konnte die Blockade nicht durchbrochen werden.

Die unbeschränkte U-Boot-Kriegführung, die Deutschland im Jahre 1917 verstärkt einsetzte, um die britische Handelsflotte zu zermürben und die alliierten Nachschubwege zu stören, brachte zwar einige Erfolge, führte aber auch dazu, dass die USA in den Krieg eintraten.

Trotz einiger Anfangserfolge scheiterte die U-Boot-Kampagne letztendlich daran, dass die Alliierten Konvoi Systeme und Abwehrtechniken entwickelten, die die U-Boot-Angriffe zunehmend unwirksam machten.

Die deutsche Hochseeflotte hatte es nicht geschafft, die britische Seeblockade zu durchbrechen, die England seit Beginn des Krieges konsequent gegen die Mittelmächte eingesetzt hatte.

Diese Blockade führte zu einer drastischen Einschränkung der Nahrungs- und Rohstoffversorgung Deutschlands und der verbündeten Länder.

Die Nahrungsmittelkrise und zunehmende Versorgungsengpässe schwächten die Heimatfront massiv und wirkten sich auf die Moral der Bevölkerung und die Kampfkraft aus.

Insbesondre der „*Kohlrübenwinter*" 1916/17 verdeutlichte die Auswirkungen der Blockade.

Die deutsche Bevölkerung litt unter Hunger und Mangelernährung, was die Kriegsmüdigkeit verstärkte und zu Unruhen führte.

Im Oktober 1918 stand der Krieg für das Deutsche Reich kurz vor dem Zusammenbruch. An den Fronten war die Lage hoffnungslos und die deutsche Oberste Heeresleitung hatte längst erkannt, dass ein militärischer Sieg nicht mehr möglich war.

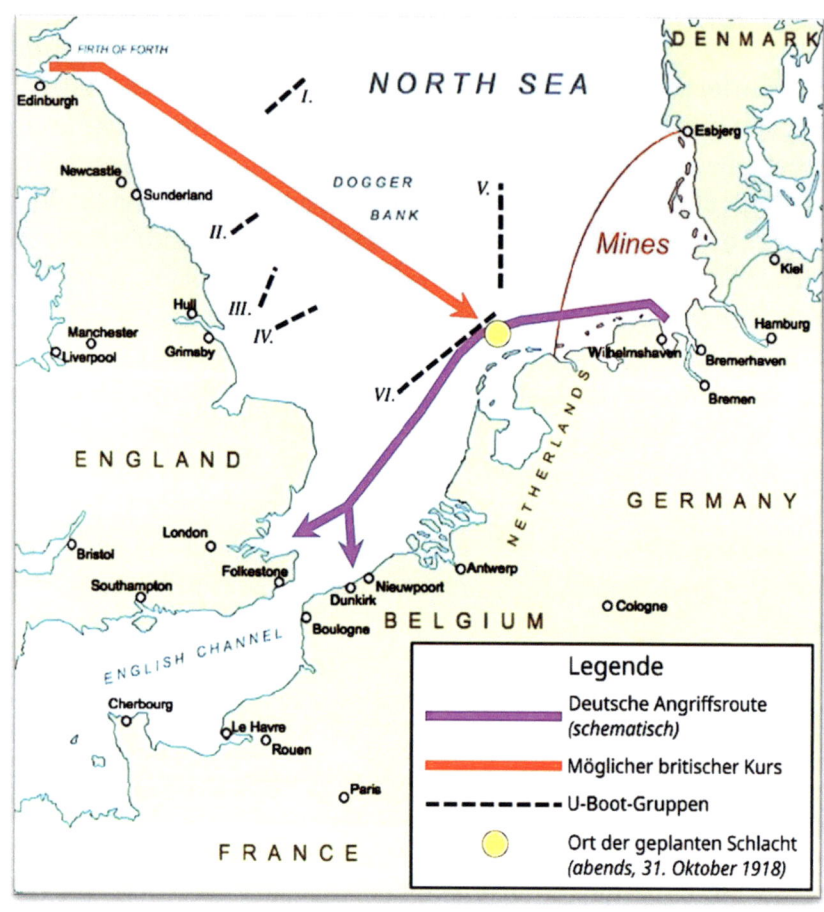

<u>Bild 72</u>: Karte des für den 30. Oktober 1918 geplanten deutschen Vorstoß gegen die Küste Flanderns und die Themsemündung sowie die erhoffte Reaktion der Royal Navy.

Gleichzeitig hatten die Alliierten durch die Seeblockade das Land wirtschaftlich ausgeblutet.

Die deutsche Flotte, vor allem die Hochseeflotte, die seit 1916 größtenteils in ihren Häfen in Wilhelmshaven und Kiel lag, war in den Jahren des Krieges kaum zum Einsatz gekommen, da die britische Royal Navy den deutschen Schiffen den Rang ablief. Viele Matrosen fühlten sich dadurch frustriert und nutzlos. Der Operationsbefehl Nr. 19 vom 24. Oktober 1918, der den letzten großen Einsatz der deutschen Hochseeflotte im Ersten Weltkrieg vorbereitete, war ein Schlüsseldokument für das Verständnis der strategischen und politischen Situation Deutschlands kurz vor dem Kriegsende.

Der Operationsbefehl wurde zu einem Zeitpunkt erlassen, als die militärische Lage für das Deutsche Reich äußerst kritisch war. Er zeigte aber auch die Spannungen innerhalb der deutschen Führung zu dieser Zeit.

Die Fronten an Land waren weitgehend kollabiert, und das Deutsche Reich stand kurz vor einer militärischen Niederlage.

Während die militärische Führung der Marine einen letzten verzweifelten Einsatz befürwortete, waren viele zivile und militärische Führungspersonen (einschließlich Kaiser Wilhelm II.) zu diesem Zeitpunkt bereits bereit, Waffenstillstandsverhandlungen zu akzeptieren.

Trotz dieser Umstände plante die Marineführung, insbesondere der Flottenchef Admiral Franz von Hipper, einen letzten verzweifelten Angriff gegen die britische Grand Fleet.

Der Befehl spiegelte die Verzweiflung und das Festhalten der Marineführung an traditionellen militärischen Ehrenvorstellungen wider, während die Realität bereits in Richtung einer Kapitulation und eines Waffenstillstandes ging.

Die Order zielte darauf ab, der deutschen Marine, die während des Krieges größtenteils in ihren Häfen blockiert war, die Möglichkeit zu geben, einen ehrenvollen Abschluss zu finden.

Es sollte ein letzter Versuch unternommen werden, der britischen Royal Navy schweren Schaden zuzufügen. Auch wenn ein Gesamtsieg unmöglich schien, erhoffte sich die Marineführung durch einen solchen Angriff eine bessere Verhandlungsposition in den Friedensverhandlungen zu erzielen.

Der Befehl war stark offensiv ausgerichtet, trotz der geringen Erfolgsaussichten.

Es wurde geplant, die britische Blockade zu durchbrechen und die britische Flotte in einem entscheidenden Gefecht anzugreifen, Ziel war es, die britische Marine zu schwächen und einen psychologischen Effekt zu erzielen, um den deutschen Kriegseinsatz *„mit Ehre"* zu beenden.

Der Einsatz sollte als *„Todeskampf"* verstanden werden, bei dem selbst eine vernichtende Niederlage als ehrenhaft angesehen wurde, wenn es den britischen Streitkräften schweren Schaden zufügen würde.

Dies zeigt eine Mentalität des *„Ehrencodes"*, die in der deutschen Marine zu dieser Zeit tief verankert war.

Ein wesentlicher Aspekt war die Reaktion der Matrosen und Besatzungen der Hochseeflotte auf diesen Befehl.

Der Flottenbefehl vom 24. Oktober 1918 gilt als einer der entscheidenden Auslöser für die politische und gesellschaftliche Umwälzung in Deutschland.

Die Männer der Flotte waren kriegsmüde, und viele von Ihnen sahen den geplanten Einsatz als sinnloses Opfer an.

Die Versorgungslage war verheerend.

Das Fleisch war faul und bestand größtenteils aus Knochen und Sehnen, die Rationen wurden immer schmäler und die zugewiesene Kleidung verlumpter.

Die Offiziere aber waren vielmals korrupt und gut versorgt, verkauften die Mannschaftsrationen am Schwarzmarkt, feierten Bankette, bekamen ihren Urlaub bewilligt und konnten sogar ihre Liebsten nachziehen lassen.

Der Krieg war praktisch verloren, und ein solcher Angriff hätte nach den Einschätzungen nur zu massiven Verlusten geführt, ohne den Ausgang des Krieges zu ändern.

Am 24. Oktober 1918 erteilte die deutsche Admiralität den Befehl, die Hochseeflotte für einen letzten verzweifelten Angriff auf die britische Royal Navy auslaufen zu lassen.

Dieser Einsatz schien jedoch den Matrosen wie ein Selbstmordkommando, da sie kaum eine Chance sahen, gegen die überlegene britische Flotte zu bestehen. Vor alledem sahen sie keine Notwendigkeit mehr, in einem aussichtslosen Krieg zu sterben, der ohnehin bald beendet würde.

Bild 73: Matrosenaufstand 1918. Rebellische Matrosen auf einem deutschen Schlachtschiff, die sich gegen ihre Offiziere erheben.

Viele Matrosen hatten den Glauben an die militärische Führung verloren und sahen die Sinnlosigkeit dieser Operation ein.

Der Befehl löste in den Tagen nach seiner Verkündigung in Kiel und Wilhelmshaven eine Meuterei aus. Dies führte zu einer weitgehenden Verweigerung des Gehorsams, die eine Durchführung des Befehls unmöglich machte.

Die ersten Anzeichen von Widerstand zeigten sich, als die Matrosen begannen, die Vorbereitungen für den Einsatz zu sabotieren.

Die Meuterei breitete sich schnell aus, und die Mannschaften der deutschen Marine waren nicht bereit, den Befehl auszuführen.

Dies führte zu einer weitgehenden Verweigerung des Gehorsams, die eine Durchführung des Befehles unmöglich machte.

Am 29. Oktober 1918, als die Flotte Wilhelmshaven verlassen sollte, verweigerten immer mehr Matrosen den Gehorsam und lehnten es ab, ein „*sinnloses Opfer*" zu werden.

In einigen Fällen wurde die Befehlsgewalt durch Offiziere mit Waffengewalt durchgesetzt, aber es bildeten sich rasch größere Gruppen vom Matrosen, die sich organisierten, um dem Einsatz zu verhindern.

Die Meuterei erreichte ihren Höhepunkt, als die Flotte nach Kiel zurückkehrte, dem wichtigsten Marinestützpunkt im Deutschen Reich.

Am 3. November 1918 versammelten sich Tausende Matrosen in Kiel zu Demonstrationen und forderten nicht nur das Ende des Kriegseinsatzes, sondern auch bessere Lebensbedingungen und politische Reformen. Dabei ging es auch um die Befreiung der wegen Meuterei vom 29. Oktober in der Kieler Marineanstalt inhaftierten Matrosen.

Die Bewegung weitete sich schnell aus, da auch Arbeiter und Soldaten in Kiel sich den Anforderungen anschlossen. Mehrere Tausend Matrosen, Soldaten und Arbeiter beteiligten sich an den Demonstrationen und Kundgebungen.

Die Lage eskalierte, als das Militär versuchte, den Aufstand niederzuschlagen.

Mehrere Demonstranten wurden getötet, was die Empörung nur weiter anheizte.

Während einer Demonstration vor einer Kaserne in der Karl-straße, in deren Verlauf mehrere dort inhaftierte Matrosen befreit wurden, erschoss eine Militärpatrouille acht Demonstranten und verletzten weiter 29 Teilnehmer schwer.

Daraufhin schlossen sich die Soldaten der Kieler Garnison dem Aufstand an.

In den folgenden Tagen übernahmen die Matrosen die Kontrolle über Kiel.

In den Mittagsstunden des 1. Februar setzten die Matrosen des Flaggschiffs SMS „*Sankt Georg*" die Offiziere fest, hissten die rote Fahne und gaben einen Schuss ab, als Zeichen zum Aufstand.

Insgesamt schlossen sich 5.000 Matrosen auf allen 40 Kriegs-schiffen im Hafen an.

„*Arbeiter- und Soldatenräte*" wurden gebildet, nach dem Vor-bild der russischen Revolution von 1917, und die militärische und zivile Führung in Kiel wurde praktisch entmachtet.

Bild 74: Matrosenaufstand 1918.

Die Bewegung breitete sich schnell auf andere deutsche Städte aus, darunter Hamburg, Bremen, Lübeck und schließlich auch

183

Berlin, zum Teil ausgelöst durch die Berichte der am Matrosenaufstand Beteiligten.

Im München erzwangen Demonstranten die Freilassung politischer Gefangener.

Die Revolution erzwang den Sturz des Kaiserreiches und leitete den Weg zur Gründung der Weimarer Republik ein.

Um die wachsende Aufstandsbewegung einzudämmen, forderte der Chef der Marinestation und Gouverneur von Kiel, Vizeadmiral Wilhelm Souchon, auswärtige Truppen an und bat in einem Telegramm an das Reichsmarineamt in Berlin darum, einen *„Hervorragenden sozialdemokratischen Abgeordneten herzuschicken"*, der die Massen beruhigen sollte.

Die Meuterei der Matrosen hatte weitreichende Folgen für Deutschland und den Verlauf der Geschichte.

Letztendlich scheiterten die Matrosen an ihrer eigenen Unerfahrenheit. Nach dem schnellen Erfolg reagierten sie abwartend und erlaubten den Offizieren, sich an Bord frei zu bewegen.

Die Funksprüche der Aufständischen wurden abgefangen, und der Admiral Hansa nutzte die gewährleistete Bewegungsfreiheit, um einen Hilferuf an loyale Truppenteile zu telegrafieren.

Am 3. Februar zwangen die herbeigerufenen loyalen Truppen die Matrosen zur Kapitulation.

800 Aufständische wurden verhaftet darunter auch die Anführer der Meuterei.

Die Anführer der Meuterei wurden am 11. Februar vor ein Erschießungskommando gestellt.

Angesichts der Eskalation der Meuterei und der revolutionären Stimmung im Land sah die deutsche Führung keine andere Möglichkeit, als die Monarchie aufzugeben und einen Waffenstillstand auszuhandeln, um das Chaos zu beenden.

Zudem markierte er das faktische Ende der deutschen kaiserlichen Marine als kämpfende Kraft im Ersten Weltkrieg.

Am 11. November 1918 kapitulierte Deutschland mit dem Waffenstillstand von Compiegné.

Die kaiserliche Marine war nach der Meuterei im Wesentlichen handlungsunfähig und viele Schiffe wurden in Scapa Flow interniert.

Im Vertrag von Versailles wurde Deutschland gezwungen, fast die gesamte Flotte zu übergeben oder zu zerstören.

Viele der alliierten Seemächte, insbesondere Großbritannien und Frankreich, wollten verhindern, dass die deutschen Schiffe wieder kampffähig wurden, aber es gab Streit darüber, wie mit ihnen verfahren werden sollte.

Einige Schiffe sollten als Reparationszahlung an die Alliierten verteilt werden, während andere eine vollständige Zerstörung der Flotte forderten.

Für die deutschen Marineoffiziere war dies inakzeptabel, da sie befürchteten, dass die deutschen Schiffe unter den Alliierten aufgeteilt würden.

Bild 75: Selbstversenkung der deutschen Flotte in Scapa Flow nach dem Ersten Weltkrieg.

Als die Alliierten begannen die deutsche Flotte aufzuteilen, beschlossen die deutschen Offiziere eine spektakuläre Aktion: *„Selbstversenkung"* der gesamten Hochseeflotte.

Am 21. Juni 1919, nur wenige Tage vor der Unterzeichnung des Versailler Vertrages, der die Bedingungen des Friedens festlegte, befahl Konteradmiral Ludwig von Reuter, der für die internierten Schiffe verantwortlich war, die Selbstversenkung.

Das Datum war bewusst gewählt, da die britischen Schiffe an diesem Tag für ein Manöver außerhalb von Scapa Flow waren.

Um 10.30 Uhr, am Morgen des 21. Juni gab Reuter den Befehl, die Schiffe zu versenken.

Die Besatzungen öffneten die Seeventile, wodurch die Schiffe vollliefen und schließlich sanken.

Von den 74 internierten Schiffen wurden 52 erfolgreich versenkt, darunter 10 von 11 Schlachtschiffen und 5 von 5 Schlachtkreuzern.

Die meisten der stolzen deutschen Schlachtschiffe und Schlachtkreuzer lagen auf dem Grund von Scapa Flow.

Damit endete das Schicksal der kaiserlichen Flotte in einem dramatischen und symbolischen Akt des Widerstandes, keines der stolzen Kriegsschiffe den Feind zu überlassen.

Die kaiserliche Marine wurde offiziell aufgelöst und die *„Reichsmarine"*, als deutsche Nachkriegsflotte gegründet.

Dies unterlag strengen Einschränkungen.

Einige britische Besatzungen konnten 22 Schiffe retten, indem sie sie rechtzeitig auf Grund setzten oder Schleppmaßnahmen einleiten konnten.

Die Selbstversenkung der Hochseeflotte wurde von den Alliierten mit Wut und Überraschung aufgenommen.

Für Deutschland und die deutschen Marineoffiziere war es jedoch ein symbolischer Akt, der verhinderte, dass die Flotte den Feind in die Hände fiel.

Die Versenkung war auch ein schwerer Schlag für die Marinepläne der Alliierten, insbesondere für Großbritannien und

Frankreich, die gehofft hatten, die deutschen Schiffe als Kriegs-beute in ihre eigene Marine einzugliedern.

Deutschland durfte nur eine kleine Marine mit wenigen Kriegsschiffen und einer maximalen Verdrängung von 100.000 Tonnen unterhalten, und der Besitz von U-Booten war ausdrück-lich verboten.

In den Jahren nach der Selbstversenkung wurden einige der versenkten Schiffe von privaten Firmen gehoben, da das Metall der Schiffe wertvoll war.

Der Bergungsvorgang zog sich über viele Jahre hin.

Die Wracks, die nicht geborgen wurden, liegen noch heute auf dem Grund von Scapa Flow und sind zu einer Art Touristenattrak-tion geworden.

22. Der Seekrieg des Ersten Weltkrieges hatte tiefgrei-fende Auswirkungen auf Europa und die Welt, die in den folgenden Jahrzehnten sowohl geopoliti-sche Auswirkungen als auch militärische und wirtschaftliche Stra-tegien prägten.

Der Seekrieg verdeutlichte die enorme strategische Bedeutung der Seemacht und der Kontrolle über internationale Handelsrou-ten.

Großmächte wie die USA, Großbritannien und später die Sowjetunion und Deutschland investierten stark in Minen, was zur Entwicklung mächtiger Kriegsschiffe, U-Boote und andere Seestreitkräfte führte.

Die Erfahrungen des Krieges förderten die Ideen, dass zukünf-tige Kriege global und auf allen Fronten, einschließlich des Mee-res, ausgetragen würden.

Die britische Seeblockade Deutschlands zeigte die verheerende Wirkung wirtschaftlicher Isolation auf ein Land und seine Zivilbevölkerung.

Diese Strategie wurde im Zweiten Weltkrieg weiterverfolgt und entwickelte sich zu einer standardisierten Kriegsführungsmethode.

Der Wirtschaftskrieg wurde zu einem festen Bestandteil der internationalen Konfliktstrategie und prägte auch die Anwendung von Sanktionen und Embargos als politisches Druckmittel.

Der Seekrieg, insbesondere die Bedrohung durch U-Boote und Fernangriffe, führte zur verstärkten Nutzung von Luftschiffen und Flugzeugen zur Überwachung und Bekämpfung maritimer Ziele.

Dieser Trend setzte sich nach dem Krieg fort und führte zur Entwicklung von Marinefliegerkräften und Flugzeugträgern, die im Zweiten Weltkrieg eine entscheidende Rolle spielen sollten.

Die Luftfahrt wurde damit ein zentraler Faktor in der Strategie der Seemächte und änderte das Kräfteverhältnis im Seekrieg.

Der uneingeschränkte U-Boot-Krieg Deutschlands und die Versenkung ziviler Schiffe wie die „Lusitania" brachten die USA in den Krieg und verschoben das globale Machtgleichgewicht.

Nach dem Krieg etablierte sich die USA als führende Weltmacht, deren Einfluss in Europa und der Welt stark wuchs.

Die durch den Seekrieg verursachte Notwendigkeit der USA, sich aktiv in internationalen Konflikten einzubringen, setzte den Grundstein für das amerikanische Engagement in späteren Konflikten und den Aufbau einer starken Marine.

Die moralischen und humanitären Folgen des uneingeschränkten U-Boot-Krieges führten zu neuen Überlegungen zur internationalen Sicherheit und Regeln für die Kriegsführung.

Nach dem Krieg wurde der Völkerbund gegründet, um internationale Konflikte besser zu regeln.

Obwohl der Völkerbund letztlich scheiterte, legte er das Fundament für spätere internationale Organisationen wie die

Vereinten Nationen, die sich ebenfalls mit der Kontrolle von Seewegen und dem Schutz ziviler Schifffahrt beschäftigt.

Der Verlust deutsche Kolonien und die Umverteilung von Kolonialgebieten nach dem Krieg veränderten die Machtverhältnisse in Afrika und Asien. Der Seekrieg hatte gezeigt, dass Kolonialbesitz eine wesentliche Rolle für Nachschub und Ressourcenversorgung spielte, weshalb die Kolonialmächte weiterhin großen Wert auf ihre Überseegebiete legten.

Die wirtschaftliche Schwächung Europas führte außerdem zu einem stärkeren Einfluss der USA und Japans in den internationalen Handelsbeziehungen.

Viele der strategischen und technologischen Erkenntnisse aus dem Seekrieg flossen in die Planung des Zweiten Weltkriegs ein.

Der Wettlauf im U-Boot-Bau, der Blockadestrategien und technologischen Weiterentwicklungen setzten sich fort und führten zu einer intensiven Aufrüstung.

Die Unfähigkeit der Seemächte, durch Blockaden und Marinemacht den Krieg schnell zu beenden, sorgte auch für Zweifel an der alleinigen Effektivität von Seemacht und führte zur Entwicklung eine komplexeren, kombinierten Einsatzes von Land-, See- und Luftstreitkräften.

Zusammenfassend führte der Seekrieg des Ersten Weltkrieges dazu, dass die Großmächte ihre Militärstrategien und -techologien anpassten und weiterentwickelten. Die Auswirkungen zeigten sich nicht nur in militärischen, sondern auch in wirtschaftlichen und politischen Veränderungen, die Europa und die Welt für die kommenden Jahrzehnte prägen sollten.

Der Seekrieg war damit ein Katalysator für die Entstehung einer neuen internationalen Ordnung und die intensive Aufrüstung, die letztlich den Weg in den Zweiten Weltkrieg und die geopolitische Neuordnung des 20. Jahrhunderts ebnete.

<u>Anhang</u>

I. Schiffsklassen und Typen der kaiserlichen Marine

II. U-Boot-Typen

III. Skagerrak-Schlacht

IV. Verschiedene Seeminenarten des Ersten Weltkrieges

V. Verbleib der U-Boote der kaiserlichen Marine

I. Schiffsklassen und Typen der kaiserlichen Marine

(Quelle: Die deutsche Flotte - Ihre Entwicklung und Organisation von Graf Reventlow - Kapitänleutnant a. D. Fr. Lehmann's Buchhandlung, Zweibrücken i. Pfalz, 1901)

1. Linien- oder Schlachtschiffe:
   Sie bildeten den Kern der Schlachtflotte und sollten im Seekrieg die Entscheidung herbeiführen. Besonders die sogenannten *„Dreadnoughts"* waren stark gepanzert und mit großen Geschützen ausgerüstet. Beispiele dafür sind die Schiffe der *Kaiser-Klasse* und *König-Klasse*.

2. Schlachtkreuzer:
   Diese Schiffe kombinierten die Bewaffnung eines Schlachtschiffes mit der Geschwindigkeit eines Kreuzers, aber hatten eine schwächere Panzerung. Die *Moltke-Klasse* und die *Derfflinger-Klasse* waren bekannte Beispiele.

3. Küstenpanzerschiffe:
   Diese waren für die Verteidigung der deutschen Küste und Häfen gedacht und hatten eine schwerere Panzerung und Bewaffnung, aber eine geringere Seetüchtigkeit.

4. Panzerkanonenboote:
   Der Bau dieser Schiffe entstammte einer Zeit, wo die Marine unter der obersten Leitung eines Infanterie-Generals stand und an dieser Stelle die Auffassung vorhanden war, dass die Verteidigung zur See von der Küste aus, wie von den Mauern einer Festung bewerkstelligt werden könne. So baute man diese Kanonenboote, welche mit größerem Recht schwimmende Lafetten, als Schiffe zu nennen waren.

5. Große Kreuzer (Panzerkreuzer):
   Sie waren größer und schwerer bewaffnet als leichte Kreuzer und wurden oft für den Schutz von Handelsrouten oder in Überseeoperationen verwendet.

6. Kleine Kreuzer:
   Diese dienten hauptsächlich als Aufklärungsschiffe und Geleitschutz für größere Schiffe, waren aber auch leichter bewaffnet.

7. Kanonenboote:
   Ihr Einsatz erfolgte vorwiegend in flachen Küstengewässern und Flussmündungen. Besaßen aber auch eine genügende Seefähigkeit, um auch die hohe See zu halten, wenn bei Ortsveränderungen eine solche Fahrt für notwendig gehalten wurde.

8. Schulschiffe:
   - Kadetten- und Schiffsjungenschulschiff
     Um den Seekadetten und den Schiffsjungen die erste seemännische Ausbildung zu geben, wurden sie an Bord dreimastiger Segelschiffe kommandiert, auf welchen sie in den Grundlagen der Seemannschaft unterrichtet wurden.
   - Artillerieschulschiffe
     Sehr sorgfältige, umfangreiche exerziermäßige Ausbildung des Personals zu Geschützführern, an den in der Marine vorkommenden Geschützarten. Ferner wurden Fähnriche zur See und Offiziere verschiedener Grade zu Ausbildungskursen an Bord kommandiert, um sowohl mit allen Details der Geschütze vertraut zu werden, sich im Schießen mit den verschiedenen Systemen und Kalibern zu vervollkommnen und außerdem die

Schießübungen selbstständig und sachgemäß leiten zu können.

9. Minenleger und Minensucher:
Diese Schiffe wurden zu speziellen Aufgaben eingesetzt, wie das Legen und Räumen von Minen.

10. Torpedoboote:
Diese kleineren, schnellen Schiffe wurden für Torpedoangriffe, Geleitschutz und Aufklärungsmissionen eingesetzt. Sie hatten den Zweck, feindliche Linienschiffe durch Torpedoschüsse zum Sinken zu bringen.

11. U-Boote:
Die deutsche Marine war bekannt für ihre U-Boot-Flotte (Unterseeboote), die besonders während des Ersten Weltkrieges eine wichtige Rolle spielte. U-Boote wurden für den Handelskrieg und Blockaden Operationen eingesetzt.

S. M. Linienschiff Brandenburg

Länge 108 m, Breite - 20 m, Tiefgang - 7,5 m, Wasserverdrängung 10033, Maschinenleistung 9 000 PS, Geschwindigkeit 16 Sm.

S. M. Linienschiff „Sachsen"

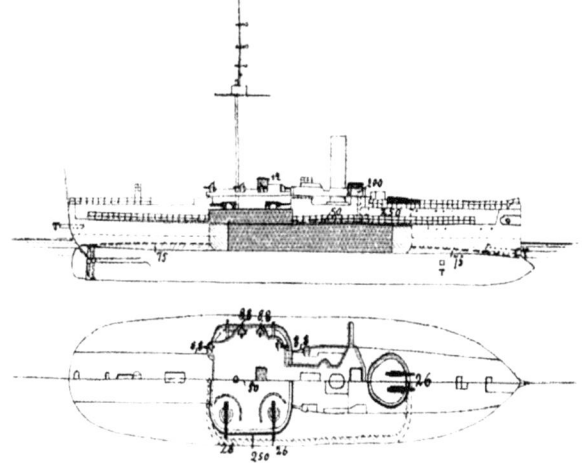

Länge 98 m, Breite - 18 m, Tiefgang - 6,4 m, Wasserverdrängung 7 400 t,
Maschinenleistung 6 000 PS, Geschwindigkeit 14 - 15 Sm.

S. M. Küstenpanzerschiff „Hagen"

Länge 73 m, Breite 15 m, Tiefgang 5,3 m, Wasserverdrängung 3 530 t,
Maschinenleistung 4 800 PS, Geschwindigkeit 14 - 15 km/h.

S,.M. Küstenpanzerschiff „Xegir"

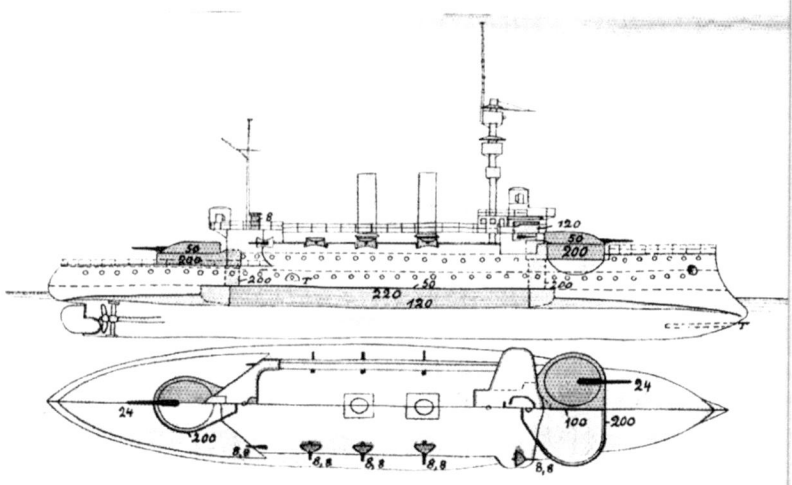

Länge 7,3 m, Breite 15 m, Tiefgang 5,3 m, Wasserverdrängung 3 530 t,
Maschinenleistung 4 800 PS, Geschwindigkeit 14 - 15 Sm.

S. M. Linienschiff „Kaiser Wilhelm II"

Länge zu Perpentickeln - 150 m, Größte Breite - 20,4 m, Mittlerer Tiefgang - 7,83 m,
Wasserverdrängung 11115, Maschinenleistung 13 000 PS, Geschwindigkeit 18 Sm.

S. M. Grosser Kreuzer „Fürst Bismark"

Länge 120 m, Breite 20 m, Tiefgang 7,9 m, Wasserverdrängung 16 050 t,
Maschinenleistung 13 500 PS, Geschwindigkeit 19 Sm.

S. M. Grosser Kreuzer „Freya"

Länge 105 m, Breite 17 m, Tiefgang 6,3 m, Wasserverdrängung 15 628 t.
Maschinenleistung 10 000 PS, Geschwindigkeit 19 - 19 Sm.

S. M. Kleiner Kreuzer „Gazelle"

Länge 100 m, Breite 17 m, Tiefgang 5,0 m, Wasserverdrängung 2 000 t,
Maschinenleistung 8 000 PS, Geschwindigkeit 19 - 20 Sm.

S. M. Kleiner Kreuzer „Geier"

Länge 76 m, Breite 10 m, Tiefgang 4,8 m, Wasserverdrängung 1623 t,
Maschinenleistung 2 800 PS, Geschwindigkeit 15 Sm.

S. M. Kanonenboot „Iltis"

Länge 62 m, Breite 9,1 m, Tiefgang 3,3 m, Wasserverdrängung 895 t,
Maschinenleistung 1 300 PS, Geschwindigkeit 13 Sm

S. M. Küstenpanzerschiff „Hagen"

Länge 73 m, Breite 15 m, Tiefgang 5,3 m, Wasserverdrängung 3 530 t,
Maschinenleistung 4 800 PS, Geschwindigkeit 14 - 15 km/h

S,.M. Küstenpanzerschiff „Xegir"

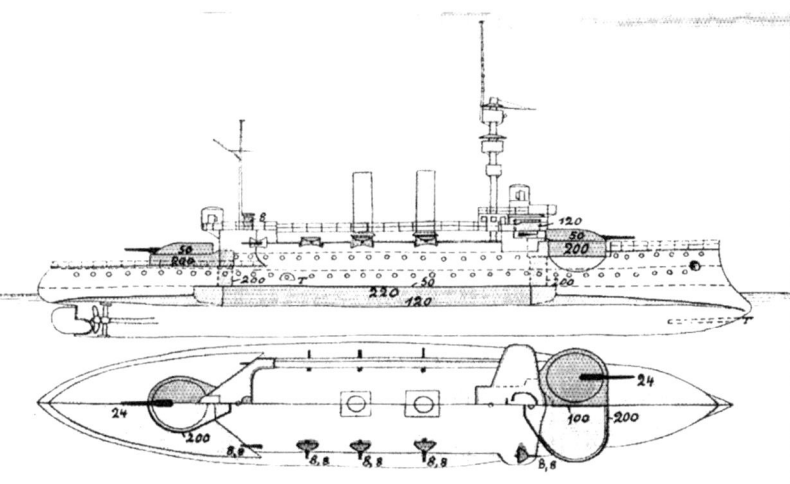

Länge 7,3 m, Breite 15 m, Tiefgang 5,3 m, Wasserverdrängung 3 530 t,
Maschinenleistung 4 800 PS, Geschwindigkeit 14 - 15 Sm.

S. M. Yacht „Hohenzollern"

Länge 116 m, Breite 14 m, Tiefgang 5,9 m, Wasserverdrängung 4 187 t,
Maschinenleistung 9 000 PS, Geschwindigkeit 21 Sm

Torpedodivsionsboot und Torpedoboot

I Torpedo-Divionsboot

Länge 60 m, Breite 7,7 m, Tiefgang 3,5 m, Wasserverdrängung 480 t,
Maschinenleistung 4 800 PS, Geschwindigkeit 24 Sm

II Torpedoboot

Länge 63 m, Breite 7 m, Tiefgang 2,5 m, Wasserverdrängung 300 t,
Maschinenleistung 5 000 PS, Geschwindigkeit 26 Sm

TAKTISCH-TECHNISCHE ANGABEN DES HILFSKREUZERS SMS Wolf

Allgemeine Daten

Die SMS Wolf war ursprünglich ein ziviler Frachter, der von der kaiserlichen Marine zum Hilfskreuzer umgerüstet wurde, um als Handelsstörer zu operieren.

Allgemeine Daten

Ursprünglicher Name: Wachtfels (Frachter)	**Umbau:** Zum Hilfskreuzer umgebaut 1916.
Typ: Hilfskreuzer (Handelszerstörer)	**Stapellauf:** 1913 als ziviler Frachter
Verdrängung: etwa 11.000 Tonnen.	**Länge:** 135,5 Meter.
Breite: 17,5 Meter	**Tiefgang:** 8,3 Meter.

Antrieb	Bewaffnung:
Maschinenanlage: Einfache Dampfanlage mit 2 Schrauben Antriebsleistung: Etwa 4.000 PS **Geschwindigkeit:** Maximale Geschwindigkeit von 10 Knoten (ca. 18,5 km/h)	**Hauptgeschütze:** 6 x 15 cm Schnellfeuergeschütze (SK L/45) Torpedorohre: 4 x 50 cm. **Minenausrüstung:** Die SMS Wolf führte etwa 450 Seeminen mit sich.

Flugzeug	Panzerung
Flugzeug: Ein Wasserflugzeug des Typs Friedrichshafen FF.33 (Wölfchen). Eines der ersten Einsätze auf einem Kriegsschiff. Es wurde hauptsächlich für Aufklärungszwecke auf Distanz genutzt, ohne selbst gesehen zu werden.	**Schutz:** Als Frachter verfügte er über keine Panzerung. Die größte Verteidigung war ihre Tarnung und das direkte Vermeiden von direkten Konfrontationen und militärischen Auseinandersetzungen.

Reichweite und Versorgung	Besatzung
Kohlevorrat: Durch einen großen Kohlevorrat, den sie mitnehmen konnten, wurde die Reichweite auf See erheblich verlängert. **Selbstversorgung:** Gekaperte Schiffe wurde geplündert, was es ihr ermöglichte über 15 Monate lang ohne einen Hafen anzulaufen zu operieren.	**Mannschaft:** Etwa 350 Mann Die Besatzung bestand aus erfahrenen Seeleuten und Marinesoldaten. Die sowohl in der Navigation als auch im Kampf geschult waren.

Taktische Einsatzweise

Operierte vor allem als getarnter Handelszerstörer. Sie näherten sich gegnerische Handelsschiffe mit geführter neutraler oder feindlicher Flagge, um ihre Tarnung zu wahren, und eröffneten dann das Feuer, sobald die Schiffe nahe genug waren.
Minen, die in verschiedenen Regionen der Weltmeere verlegt wurden, waren strategisch wichtig, um Handelsrouten zu stören und indirekten Schaden an feindlichen Schiffen zu verursachen.
Ihr Flugzeug „Wölfchen" ermöglichte es, Ziele weit im Voraus zu erkennen und das Überraschungsmoment zu wahren.

Quelle: Volk und Seefahrt / Paul H. Kuntze / Verlag von Georg Dollheimer / Leipzig 1940.

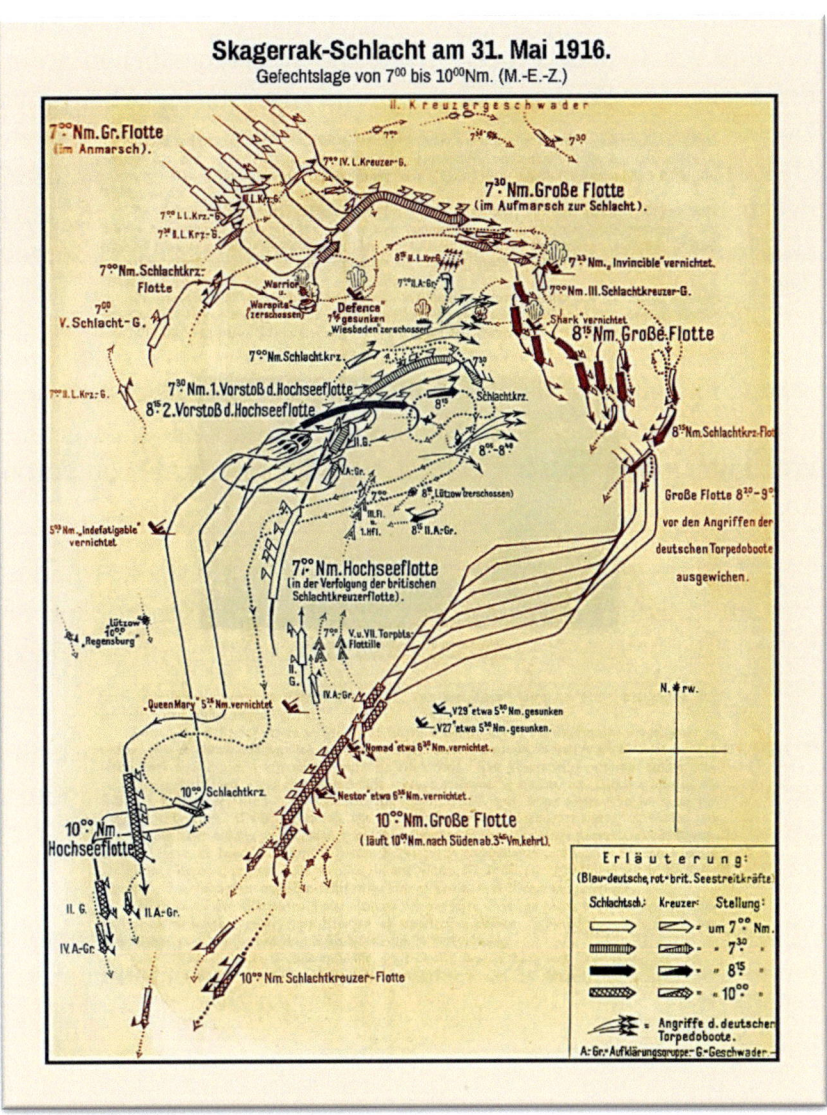

Skagerrak-Schlacht am 31. Mai 1916.
Gefechtslage von 7⁰⁰ bis 10⁰⁰Nm. (M.-E.-Z.)

Quelle: Unsere Marine im Weltkrieg 1914-1918 / Herausgegeben von Eberhard v Mantey Vizeadmiral a.D. Dr.eh. / Vaterländischer Verlag / C.U.Weller Berlin 1927.

IV. U-Boot-Typen

Die deutsche U-Boot-Flotte des Ersten Weltkrieges umfasste eine Vielzahl von U-Boot-Typen, die auf die unterschiedlichen Anforderungen der Seekriegsführung und die strategischen Ziele Deutschlands abgestimmt waren. Von kleinen, wenigen Küsten-U-Booten bis zu großen Langstrecken-U-Booten und U-Kreuzern deckte die kaiserliche Marine seine breite Palette von Fähigkeiten ab, die im Laufe des Krieges kontinuierlich weiterentwickelt wurden.

Hochsee-U-Boote: Sie waren die Hauptkampf-U-Boote der deutschen Flotte und wurden für den Einsatz auf hoher See, insbesondere im Atlantik konzipiert. Diese Boote waren robust, hatten eine große Reichweite und trugen eine bedeutende Anzahl von Torpedos.

Typ U-19 bis U-43: Diese frühen Typen von Hochsee-U-Booten wurden in den Jahren vor und während des Krieges gebaut. Sie hatten eine Reichweite von etwa 8.000 Seemeilen und eine maximale Tauchtiefe von etwa 50 bis 80 Metern.

Typ U-87 und U-93: Diese späteren Typen waren leistungsfähigere Boote mit modernen Antrieb und besserer Unterwasserfähigkeit. Sie waren schneller und konnten tiefer tauchen als ihre Vorgänger.

Mittel-U-Boote der UB-Klasse: Sie wurden für den Einsatz in Küstengewässern und zur Unterstützung von Flottenoperationen entwickelt. Sie waren kleiner und wendiger als die Hochsee-U-Boote, hatten aber eine geringere Reichweite.

Typ UB I: Diese frühen Modelle waren für den Einsatz in der Nordsee und im Ärmelkanal entwickelt. Sie waren klein, konnten aber nur kurze Zeit operieren und hatten eine begrenzte Reichweite.

Typ UB I und UB III: Diese verbesserten Typen hatten eine größere Reichweite und konnten mehr Torpedos tragen. Sie wurden in größeren Zahlen produziert und spielten eine wichtige Rolle bei der Bekämpfung alliierter Schiffe.

Küsten-U-Boote der UC-Klasse: Sie waren speziell für den Einsatz in flachen Küstengewässern entwickelt. Sie wurden hauptsächlich für den Minenkrieg und das Legen von Seeminen eingesetzt, konnten aber auch Torpedos abschießen.

Typ UC I: Diese frühen Modelle waren klein und wurden hauptsächlich für Minenlegeoperationen in der Nähe von feindlichen Häfen und Schiffsrouten eingesetzt.

Typ UC II und UC III: Diese verbesserten Versionen waren größer, besser bewaffnet und konnten länger operieren. Sie konnten sowohl Minen legen als auch feindliche Schiffe mit Torpedos angreifen.

Langstrecken-U-Boote (Typ UE): Sie waren für Langstreckenmissionen vorgesehen, insbesondere zur Störung der Handelsschifffahrt in den weit entfernten Gewässern des Atlantiks und des Mittelmeers. Diese U-Boote waren größer und hatten eine noch größere Reichweite als die Hochsee-U-Boote.

Typ UE I: Diese U-Boote wurden speziell für den Minenkrieg und den Fernkampfeinsatz entwickelt. Sie hatten eine Reichweite von bis zu 11.000 Seemeilen.

Typ UE II: Diese U-Boote waren eine Weiterentwicklung der UE I und verfügten über verbesserte Minenlegefähigkeiten und eine stärkere Bewaffnung.

Kleineren Spezial-U-Boote: Sie gab es neben den genannten Haupttypen, die für spezifische Missionen entwickelt wurden.

Typ UB IV: Ein experimenteller Typ, der nicht in großer Stückzahl gebaut wurde.

Handels-U-Boote (z. B. Deutschland-Klasse): Diese U-Boote wurden als Frachtschiffe ohne Bewaffnung entwickelt, um die britische Blockade zu durchbrechen und Handelsgüter zu transportieren. Ein Beispiel ist das U-Boot *„Deutschland"*, das 1916 erfolgreich den Atlantik überquerte.

U-Kreuzer: Sie waren sehr große U-Boote, die als *„U-Boot-Kreuzer"* bezeichnet wurden und sowohl für den Einsatz gegen Handelsschiffe als auch gegen Kriegsschiffe ausgelegt waren. Sie waren die größten und am besten bewaffneten U-Boote ihrer Zeit.

Typ U 139: Diese U-Kreuzer hatten eine außergewöhnliche Reichweite und waren mit Kanonen sowie Torpedorohren bewaffnet. Sie wurden gegen den transatlantischen Handel eingesetzt und konnten weit entfernte Ziele erreichen.

Eigenschaften und technische Parameter von U-Booten der Kaiserlichen Marine.

Verdrängung	Länge	Antrieb	Geschwindigkeit	Reichweite	Bewaffnung
U-9 / U-Boot der U-9-Klasse					
493 t *(aufgetaucht)*, 611 t *(getaucht)*	57,38 m	2 Benzinmotoren *(aufgetaucht)* 2 Elektromotoren *(getaucht)*	14,2 Knoten *(aufgetaucht)* 8,1 Knoten *(getaucht)*	1.800 Seemeilen bei 14 Knoten	4 Torpedorohre (2 Bug, 2 Heck), 6 Torpedos
Wurde im Ersten Weltkrieg berühmt durch das Versenken von drei britischen Kreuzern innerhalb einer Stunde am 22. September 1914.					
U-20 / U-Boot der U-19-Klasse					
650 t *(aufgetaucht)* 837 t *(getaucht)*	64,15 m	2 Körtinger Diesel-motoren *(aufgetaucht)* 2 Elektromotoren *(getaucht)*	15,4 Knoten *(aufgetaucht)* 9,5 Knoten *(getaucht)*	7.900 Seemeilen bei 8 Knoten	4 Torpedorohre (2 Bug, 2 Heck), 6 Torpedos, ein Deckgeschütz 8,8 cm SK L/30)
U-20 versenkte am 7. Mai 1915 das Passagierschiff Lusitania, was zur Verstärkung der anti-deutschen Stimmung beitrug.					
U-21 / U-Boot der U-19-Klasse					
650 t *(aufgetaucht)* 837 t *(getaucht)*	64,15 m	2 Körtinger Diesel-motoren *(aufgetaucht)* 2 Elektromotoren *(getaucht)*	15,4 Knoten *(aufgetaucht)* 8,5 Knoten *(getaucht)*	7.900 Seemeilen bei 8 Knoten	4 Torpedorohre (2 Bug, 2 Heck), 6 Torpedos, ein Deckgeschütz 8,8 cm SK L/30)
U-21 war das erste U-Boot, das im Ersten Weltkrieg ein Kriegsschiff mit einem Torpedoangriff versenkte. Es versenkte am 5. September 1914 den britischen Kreuzer Pathfinder.					
UB-45 / U-Boot der UB-II-Klasse					
272 t *(aufgetaucht)* 305 t *(getaucht)*	36,13 m	2 Körtinger Diesel-motoren *(aufgetaucht)* 2 Elektromotoren *(getaucht)*	8,8 Knoten *(aufgetaucht)* 5,72 Knoten *(getaucht)*	6.500 Seemeilen bei 5 Knoten	2 Torpedorohre (Bug), 4 Torpedos, ein Deckgeschütz 8,8 cm SK L/30)
UB-45 gehörte zu den kleineren Küsten-U-Booten, die für Einsätze in küstennahen Gewässern entworfen wurden. Es sank am 6. November 1916 im Mittelmeer, möglicherweise durch eine Mine.					
UC-5 / U-Boot der UC-1-Klasse					
168 t *(aufgetaucht)* 183 t *(getaucht)*	33,99 m	1 Dieselmotor *(aufgetaucht)* 1 Elektromotor *(getaucht)*	6,2 Knoten *(aufgetaucht)* 5,2 Knoten *(getaucht)*	780 Seemeilen bei 5 Knoten	Minenleger-U-Boot mit 12 Minenschächten
Diese U-Boote waren entscheidend für die Kriegsführung zur See während des Ersten Weltkrieges und hatten jeweils spezialisierte Einsatzgebiete und Aufgaben.					
U-Boot „Deutschland" / Handelstauchboot					
1.500 t *(aufgetaucht)* 1.800 t *(getaucht)*	65 m	2 Dieselmotoren je 300 PS *(aufgetaucht)* 2 Elektromotoren je 200 PS *(getaucht)*	12 Knoten *(aufgetaucht)* 7 Knoten *(getaucht)*	ca. 12.000 Seemeilen bei 5 Knoten *(aufgetaucht)* ca. 50 Seemeilen bei 5 Knoten *(getaucht)*	Ursprünglich unbewaffnet, später mit 2 x 105 mm Geschützen nachgerüstet
Das U-Boot Deutschland war ein deutsches Handels-U-Boot, das im Ersten Weltkrieg als blockadebrechendes Handelsschiff diente.					

<u>Quelle:</u> Wikipedia / die frei Enzyklopädie.

HANDELS-U-BOOTE

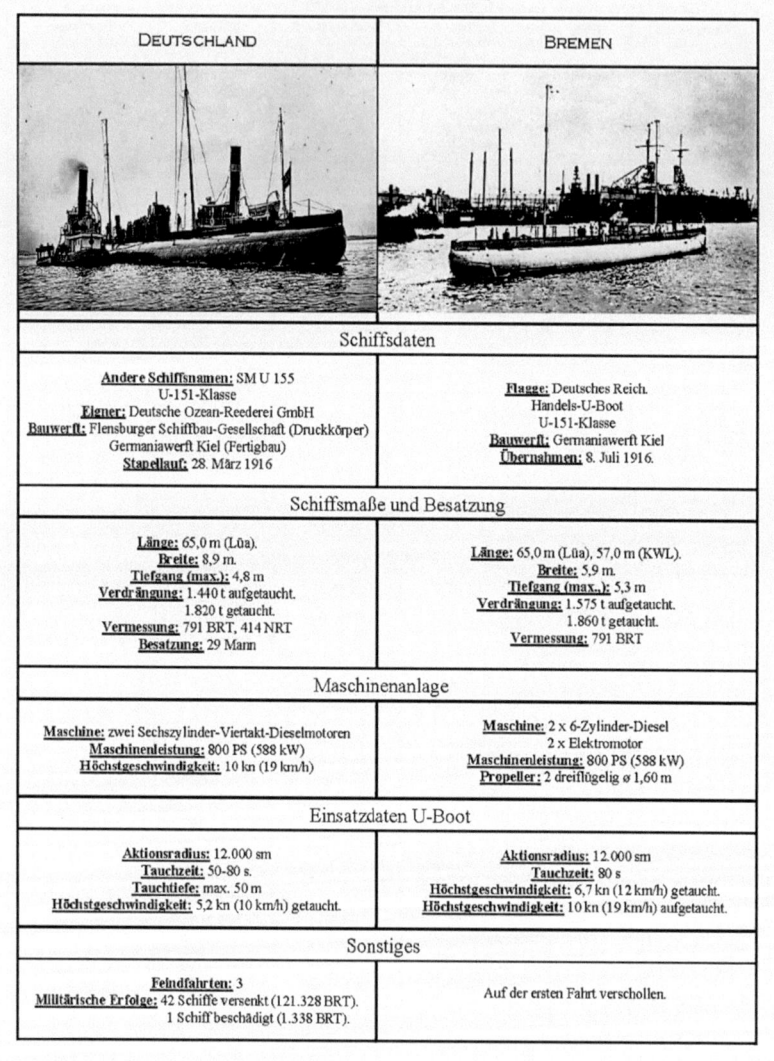

DEUTSCHLAND	BREMEN

Schiffsdaten

Andere Schiffsnamen: SM U 155 U-151-Klasse **Eigner:** Deutsche Ozean-Reederei GmbH **Bauwerft:** Flensburger Schiffbau-Gesellschaft (Druckkörper) Germaniawerft Kiel (Fertigbau) **Stapellauf:** 28. März 1916	**Flagge:** Deutsches Reich. Handels-U-Boot U-151-Klasse **Bauwerft:** Germaniawerft Kiel **Übernahmen:** 8. Juli 1916.

Schiffsmaße und Besatzung

Länge: 65,0 m (Lüa). **Breite:** 8,9 m. **Tiefgang (max.):** 4,8 m **Verdrängung:** 1.440 t aufgetaucht. 1.820 t getaucht. **Vermessung:** 791 BRT, 414 NRT **Besatzung:** 29 Mann	**Länge:** 65,0 m (Lüa), 57,0 m (KWL). **Breite:** 5,9 m. **Tiefgang (max.):** 5,3 m **Verdrängung:** 1.575 t aufgetaucht. 1.860 t getaucht. **Vermessung:** 791 BRT

Maschinenanlage

Maschine: zwei Sechszylinder-Viertakt-Dieselmotoren **Maschinenleistung:** 800 PS (588 kW) **Höchstgeschwindigkeit:** 10 kn (19 km/h)	**Maschine:** 2 x 6-Zylinder-Diesel 2 x Elektromotor **Maschinenleistung:** 800 PS (588 kW) **Propeller:** 2 dreiflügelig ø 1,60 m

Einsatzdaten U-Boot

Aktionsradius: 12.000 sm **Tauchzeit:** 50-80 s. **Tauchtiefe:** max. 50 m **Höchstgeschwindigkeit:** 5,2 kn (10 km/h) getaucht.	**Aktionsradius:** 12.000 sm **Tauchzeit:** 80 s **Höchstgeschwindigkeit:** 6,7 kn (12 km/h) getaucht. **Höchstgeschwindigkeit:** 10 kn (19 km/h) aufgetaucht.

Sonstiges

Feindfahrten: 3 **Militärische Erfolge:** 42 Schiffe versenkt (121.328 BRT). 1 Schiff beschädigt (1.338 BRT).	Auf der ersten Fahrt verschollen.

Quelle: Wikipedia / die frei Enzyklopädie.

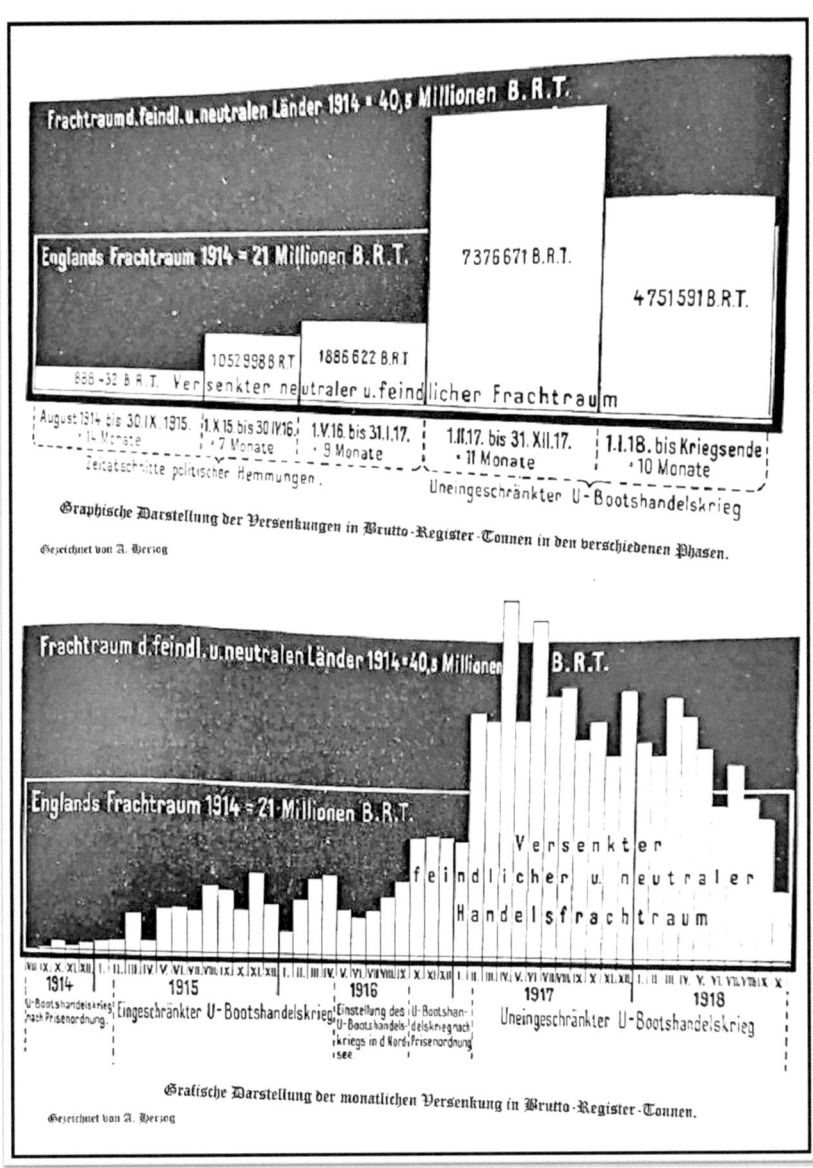

Quelle: Unsere Marine im Weltkrieg 1914-1918 / Herausgegeben von Eberhard v Mantey Vizeadmiral d.D. Dr.eh. Vaterländischer Verlag / C.U.Weller Berlin 1927.

IV. Verschiedene Seeminenarten des Ersten Weltkrieges
(Anker-, Grund-, Drift- und Torpedominen)

I.

ARTEN VON SEEMINEN

FUNKTIONSWEISE	ANWENDUNG	WIRKUNG
Kontaktminen		
Ankerminen Werden mit einem Gewicht oder Anker am Meeresboden befestigt und schwebten unter der Wasseroberfläche in einer bestimmten Tiefe, oft zwischen 1 und 10 Metern. Sobald ein Schiff sie berührte, detonierten sie. Diese Minen wurden entweder durch direkte Berührung mit dem Schiffsrumpf oder durch Druck ausgelöst.	Sie wurden in Küstennähe, in Hafenzugängen oder strategischen Stellen wie Meerengen und stark befahrenen Seewegen platziert. Sie dienten sowohl zur Verteidigung als auch zum Angriff. Deutsche U-Boote legten oft Ankerminen, um britische Kriegsschiffe und Handelsschiffe zu treffen.	Durch die Platzierung unter der Wasseroberfläche konnten Ankerminen Schiffe, die sie nicht sehen konnten, schwer beschädigen oder versenken. Die Minen waren besonders effektiv gegen Oberflächenschiffe, da sie häufig den Schiffsrumpf trafen und dort Lecks verursachten, die zur Versenkung führten.
Berührungsminen Diese Minen explodierten bei direkten Kontakt mit einem Schiff oder U-Boote. Sie waren in der Regel mit Stiften oder Hörnern ausgestattet, die beim Druck einer Berührung die Explosion auslöste. Die Stifte konnten chemisch oder mechanisch aktiviert werden.	Sie wurden in Gebieten mit hohem Schiffsverkehr gelegt, wie in Hafeneinfahrten oder strategisch wichtigen Seewegen. Sie waren besonders nützlich in offensive Operationen, um feindliche Kriegsschiffe oder Konvois zu bedrohen.	Diese Minen waren extrem zerstörerisch, da sie oft die Außenhülle von Schiffen durchdrangen und schwere Schäden am Rumpf oder den Maschinenräumen verursachten. Ein direkter Treffer konnte ein Schiff zum Kentern bringen.
Torpedominen		
Diese Minen waren so konzipiert, dass die Auslösung eines Torpedos in Richtung des gegnerischen Schiffes abschoss. Sie waren damit weitaus effektiver als herkömmliche Kontaktminen, da sie nicht auf eine unmittelbare Berührung angewiesen waren.	Sie wurden an besonders strategischen Orten eingesetzt, etwa an Hafeneinfahrten oder in stark befahrenen Seewegen. Sie boten eine größere Reichweite als herkömmliche Minen und konnten Schiffe treffen, die die Minenfelder durchqueren wollten.	Die Wirkung dieser Minen war sehr zerstörerisch, da sie nicht nur den ersten Treffer durch den Torpedo verursachten, sondern oft auch dazu führten, dass weitere Minen in der Nähe ebenfalls ausgelöst wurden. Dies konnte massive Zerstörungen bei feindlichen Konvois oder Kriegsschiffen verursachen.

II.

ARTES VON SEEMINEN

FUNKTIONSWEISE	ANWENDUNG	WIRKUNG
Grundminen		
Druckempfindliche Diese Minen lagen auf dem Meeresgrund und waren so konzipiert, dass sie durch Druck eines darüber fahrenden Schiffes ausgelöst wurde. Der Wasserdruck des Schiffes veränderte den Druck auf die Mine, wodurch die Zündung aktiviert wurde.	Druckempfindliche Grundminen wurden vor allem in seichten Gewässern, Küstengebiete und Engstellen gelegt, wo große Schiffe oder U-Boote mit geringer Wassertiefe segeln mussten. Sie waren ein Mittel, um den Zugang zu feindlichen Häfen oder strategischen Küstenlinien zu blockieren.	Diese Minen konnten große Explosionen erzeugen, die den Rumpf eines Schiffes beschädigten oder aufrissen. Sie waren besonders gefährlich für größere Schiffe, die nahe am Meeresboden segelten, da sie den größeren Druck ausübten.
Magnetische (Frühe Entwicklung) Es gab erste Versuche, Minen zu entwickeln, die durch magnetische Felder ausgelöst wurden. Diese Minen reagierten auf die magnetischen Eigenschaften der Schiffsrümpfe aus Metall und explodierten, sobald ein Schiff über sie fuhr.	Die Verwendung dieser Minen war noch begrenzt, da die Technologie in den Kinderschuhen steckte. Später wurde diese Technologie jedoch erheblich verfeinert und spielte eine wichtigen Rolle in der U-Boot-Bekämpfung.	Magnetische Minen waren besonders gefährlich für große, metallische Kriegsschiffe. Ihre Fähigkeit, ohne direkten Kontakt mit dem Schiff zu detonierten, machte sie zu einer unsichtbaren Bedrohen.
Driftminen		
Diese Minen waren so konzipiert, das die Auslösung eines Torpedos in Richtung des gegnerischen Schiffes abschoss. Sie waren damit weitaus effektiver als herkömmliche Kontaktminen, da sie nicht auf eine unmittelbare Berührung angewiesen waren.	Sie wurden an besonders strategischen Orten eingesetzt, etwa an Hafeneinfahrten oder in stark befahrenen Seewegen. Sie boten eine größere Reichweite als herkömmliche Minen und konnten Schiffe treffen, die, die Minenfelder durchqueren wollten.	Die Wirkung dieser Minen war sehr zerstörerisch, da sie nicht nur den ersten Treffer durch den Torpedo verursachten, sondern oft auch dazu führten, das weitere Minen in der Nähe ebenfalls ausgelöst wurden. Dies konnte massive Zerstörungen bei feindlichen Konvois oder Kriegsschiffen verursachen.

Quelle: Ernst-Ulrich Hahmann.

V. Verbleib der U-Boote der Kaiserlichen Marine

Verbleib der U-Boote der Kaiserlichen Marine

Stand bei Kriegsende

Bei Kriegsende wurde in den Waffenstillstandsverhandlungen über das Schicksal von 174 von insgesamt 373 in Dienst gestellten und noch verbliebenen Booten sowie 138 U-Booten (24 U-Boote, 52 UB-Boote, 9 UC-Boote und 33 U-Kreuzer entschieden, die zu diesem Zeitpunkt auf den 19 deutschen Werften in Bau waren und deren Fertigung unterschiedlich weit vorangeschritten war.

Tabelle 1: Überführung nach Großbritannien

Die Überführung fast aller in Dienst gestellten U-Boote sowie von Neubauten nach Harwich in Großbritannien (zunächst wurde von einer Zahl von 160 Booten ausgegangen) erfolgte dann ab 18.11.1918 im mehreren Staffeln unterschiedlicher Stärke und für einige wenigen Boote in Einzelunternehmen.

Bei der Überführung gingen 4 Boote verloren (U 16, U 21, U 97, und UC 91), ein Boot (UB 89) brach die Überführung ab und wurde in den Niederlanden verschrottet und ein Boot (UB 56) lief auf eine Mine und sank.

1918 wurden somit insgesamt 122 Boote und 1919 bis zum 23.04.1919 weitere 46 überführt.

Die insgesamt 168 überführten U-Boote setzten sich zusammen aus 61 U-Booten, 62 UB-Booten und 37 UC-Booten sowie 8 U-Kreuzer und als U-Kreuzer umgebaute Handels-U-Boote.

Zunächst wurden auch komplette Hauptmaschinenanlagen und Zubehörteile von zumeist noch nicht fertiggestellten Neubauten aus Deutschland überführt, u. a. 30 komplette Hauptmaschinenanlagen (von 13 U-Booten, 5 UB-Booten und 12 UC-Booten), dazu 60 Dieselmotoren, 61 E-Motoren, 7 Lademaschinen und 7 Lademotoren.

Von den o. a. überführten, sowie weiteren U-Booten, die im fortgeschrittenen Neubauzustand von den Siegermächten beschlagnahmt wurden, wurden durch die Waffenstillstandskommission insgesamt 176 U-Boote zur weiteren Verwendung unter den Siegermächten wie folgt aufgeteilt, alle anderen waren zu verschrotten.

Land	U-Boote	UB-Boote	UC-Boote	U-Kreuzer	Gesamt
Großbritannien	31	41	25	8	105
Frankreich	18	16	11	3	48
Italien	4	3	3	-	10
Japan	2	2	1	1	7
USA	2	2	1	1	6
Gesamt	57	64	42	13	176

Zusatz: Die vier im Mai bei der deutschen Besatzung Sewastopols beschlagnahmten und daraufhin neu benannten ex-russischen U-Boote US-1, US-2, US-3 und US-4 wurden im November 1918 wieder an Russland zurückgegeben, die Kaiserliche Marine hatte sie nie eingesetzt.

Tabelle 2: Verbleib von weiteren, in anderen Ländern internierten U-Booten

Norwegen	1 U-Boot (U 157) interniert und 1919 nach Harwich überführt (mit in 6.1).
Niederlande	1 U-Boot (UB 6) interniert und 1919 nach Harwich überführt (mit in 6.1).
Spanien	5 U-Boote (U 39, U 23, UC 48, UC 56 und UC 74) interniert und als Kriegsbeute 1919 nach Frankreich davon 1 U-Boot durch deutsche Besetzung selbst versenkt und 4 U-Boote 1919 nach Frankreich überführt, dort später abgebrochen.
Türkei / Sewastopol	4 U-Boote (UB 14, UB 42, UC 23 und UC 37), 3 U-Boote durch Royal Navy in 1919 nach Malta überführt und dort abgebrochen. 1 U-Boot (UC 32) nach Frankreich abgebrochen.

Tabelle 3: Verteilung von U-Booten für Erprobungen und anderen Nutzungen von Siegermächten

Durch die Waffenstillstandskommissionen wurde festgelegt, dass von den beschlagnahmten U-Booten je bis zu 10 Boote (Großbritannien und Frankreich ursprünglich mehr) den „Hauptträgern der Kriegslasten" zur Erprobung und weiteren Nutzung überlassen und diese nach spätesten 10 Jahren außer Dienst gestellt und/oder verschrottet werden sollten. Alle anderen U-Boote waren abzubrechen. Die 100 Boote-Regelung wurde dann im Friedensvertrag von Versailles vom 25.09.1920 bestätigt. Somit ergab sich folgende Verteilung der zunächst nicht zur Verschrottung bestimmten U-Boote.

Land	Ursprünglich	Tatsächlich übernommen				
		U-Boote	UB-Boote	UC-Boote	U-Kreuzer	Gesamt
Großbritannien	10+	5	3	1	2	11
Frankreich	15+	7	3	-	-	10
Italien	10	4	3	3	-	10
Japan	7	3	2	2	-	7
USA	6	3	2	1	1	6
Gesamt	48	21	13	7	3	49

Tabelle 4: Weiternutzung durch verschiedene Staaten

Anmerkung: Nur Frankreich hat seine übernommenen U-Boote auch länger betrieben, alle anderen Marinen führten nur teilweise Versuche durch, oft wurden die Boote nach der Überführung abgebrochen.

Bemerkenswert: die Überführung der übernommenen U-Boote in die USA und nach Japan.

Quelle: Göthling/Löscher, Oliver/Schnetzke, Simon/ausgeliefert-die deutschen U-Boote 1918-1920 und ihr Verbleib, Digital Business and Print, Berlin 2012 (Stiftung Traditionsarchiv – Unterseeboote).

Abkürzungen / Erläuterungen

Anilinfarbe	Anilin oder Benzenamin ist eine klare, farblose bis schwach gelbliche, ölige Flüssigkeit mit eigenartigem Geruch, die an der Luft schnell rötlich-braun wird. Es ist ein Benzolring mit einer Aminogruppe ($-NH_2$) und damit ein aromatisches Amin. Mit Säuren versetzt bildet es Anilinsalze. Die basische Wirkung von Anilin wird durch den mesomeren Effekt abgeschwächt, da dieser die Elektronendichte der Aminogruppe verringert.
ANZAC	steht für „Australian and New Zealand Army Corps" und lässt sich auf den 24.04.1915 zurückzuführen, wo das Militär aus Australien, Neuseeland und Tonga während des Ersten Weltkrieges in Gallipoli mit großen Verlusten zu kämpfen hatte.
Armiert	Militär veraltet, mit Waffen ausrüsten oder bestücken.
ASDIC	Anti-Submarine Detection Investigation Commitee
Backbord	die linke Seite des Schiffes.
bzw.	Beziehungsweise
BRT	Die Bruttoregistertonne oder Bruttoraumzahl (BRZ) ist ein Raummaß für die Größe von Handelsschiffen: 1 BRT = 100 Kubikfuß ≈ 2,83 Kubikmeter. Obwohl das Wort Tonne darin enthalten ist, darf die Bruttoregistertonne nicht mit Massenangaben wie der Tragfähigkeit gleichgesetzt werden.
Bug	vorderste Teil des Schiffes.
ca.	auch: zirka. Abkürzung für circa „ungefähr". Synonyme: etwa, ungefähr.
Crew	Eine Körperschaft oder eine Gruppe von Personen, die an einer gemeinsamen Tätigkeit arbeiten.

Detection	Entdeckung, Erfassung, Erkennen, Feststellung, Aufdeckung, Ortung, Aufspürung, Abfrage.
d. h.	das heißt.
DOR	Deutsche-Ozean-Reederei.
Dysenterie	oder Ruhr wird im engeren Sinn eine entzündliche Erkrankung des Dickdarms bei einer bakteriellen Infektion bezeichnet. In weiterem Sinn wird unter Dysenterie auch eine Durchfallerkrankung verstanden, die bei Infektionen mit Parasiten wie Amöben oder Lamblien auftritt oder bei Virusinfektionen.
eliminiert	jemanden oder etwas entfernen oder wegnehmen.
entern	mit Gewalt ein Schiff unter sein Kommando zu bringen.
evakuieren	organisierte Verlegung von Menschen und Tieren aus einem gefährdeten Gebiet mit Transport, Unterkunft und Versorgung in ein ungefährdetes Gebiet.
essenziell	wesentlich, zum Wesen (einer Sache) gehörig.
Fregatten	sind nach heutigem Verständnis die kleinsten Kriegsschiffe, die noch selbstständige Operationen durchführen können. Vor allem dienen Fregatten dazu, mit ihrer oft spezialisierten Kampfkraft anderen Kriegsschiffen ergänzend beizustehen.
Gros	Das Gros ist ein Zählmaß im Duodezimalsystem zur Bemessung von Mengen nach ihrer Anzahl. Es bezeichnet ein Dutzend Mal ein Dutzend, in Dezimalzahlen also 12 mal 12 gleich 144 Einheiten (Stücke).
HMS	oder H.M.S., ist amtliche Titulatur in Form eines Präfixes vor dem Schiffsnamen, dass die Royal Navy für ihre im Dienst befindlichen Kriegsschiffe verwendet. In anderen Sprachen existieren inhaltlich gleichlautende Be-

	zeichnungen wie zum Beispiel „Seiner Majestät Schiff".
Heck	der hinterste Teil des Schiffes.
jumpen	(gut gelaunt, ausgelassen) in die Höhe springen, durch die Gegend laufen, auch allgemeiner: springen.
Kai	Als einen Kai bezeichnet man ein durch Mauern befestigtes Ufer - meist in Häfen oder an Fluss- oder Kanalufern zum Löschen und Laden von Schiffsladungen gelegen. Das Fahrwasser ist davor so tief, dass Schiffe festmachen können.
km/h	Kilometer pro Stunde
Kn	Knoten, Geschwindigkeit des Schiffes wird anstatt nach Seemeilen des Öfteren nach Konten bezeichnet. Ein Knoten entspricht einer Seemeile.
kompensieren	ausgleichen, durch Gegenwirkung aufheben.
Konterbande	ist ein rechtlicher Begriff zur Beschlagnahme von Gütern, dessen Bestimmungen je nach Zeitraum, Geltungsbereich und Nation unterschiedlich definiert wurden. Teilweise entstand mit völkerrechtlichen Vereinbarungen internationale Relevanz.
Kontext	Teile einer geschriebenen oder gesprochenen Sache, die in der Nähe eines bestimmten Wortes oder einer Wortgruppe stehen und helfen, dessen Bedeutung zu erklären.
Kontroversen	ein länger anhaltender Streit, Disput oder eine Debatte. Bei einem Disput wird ein kontrovers geführtes Gespräch unter Umständen zu einem Streitgespräch.
Konvois	Ein Konvoi ist: ein Verband (Verkehr) von Schiffen oder Landfahrzeugen, die eine gemeinsame Reise durchführen.
Kreuzer	bezeichnet einen Typ von Kriegsschiffen mittlerer Größe. Er hat seinen Ursprung in dem niederländischen Wort „kruiser" aus dem 17.

	Jahrhundert, der ein kreuzendes (im Sinne von hin und her fahrend) Schiff bezeichnete.
Lamblien	Die Giardiasis ist eine weltweit vorkommende Infektion des Dünndarms mit dem Parasiten Giardia lamblia. Die Ausbreitung der Lamblien ist eng an die hygienischen Verhältnisse in einer Gesellschaft gebunden. Die Erreger sind dort besonders häufig, wo viele Menschen in beengten Verhältnissen zusammenleben und die sanitären Einrichtungen, die Beseitigung der Fäkalien sowie die Trinkwasseraufbereitung mangelhaft organisiert sind. Warmes Klima begünstigt die Verbreitung der Erreger zusätzlich.
Lancierrohr	Abschussvorrichtung für Torpedos
Luv	bedeutet auf das Schiff bezogen, diejenige Seite, von der der Wind kommt.
max.	Maximal steht für: das Adjektiv zu Maximum mit der Bedeutung sehr groß oder größte.
NRT	Nettoregistertonne ist eine Maßeinheit zur Berechnung des Gesamtraumgehalts eines Schiffs, nach Abzug des Nicht-Nutzraums wie Tanks, Maschinenräume und andere nicht verwendbare Bereiche.
Pott	Umgangssprachlich ein topfartiges Gefäß (Tasse, Topf oder Nachttopf); *Pott* wird auch ein Schiff bezeichnet.
Periskop	Auch Sehrohr genannt, ist ein optisches Instrument zur parallelen Verschiebung des Strahlengangs. Ein Periskop wird auch von U-Booten genutzt, wenn sie sich unter Wasser befinden und wissen möchten, was um sie herum, außerhalb des Wassers vor allem, passiert und wo sich andere Schiffe befinden.
Pier	Eine Pier ist ein Hafenbauwerk, das mehr oder weniger rechtwinklig zum Kai verläuft, auf beiden Wasserseiten als Schiffsanleger

	dient und oberseitig befestigt und mit Fahrzeugen befahrbar ist. Oft kann auch eine befahrbare Mole im Hafenbereich als Schiffsliegeplatz und damit als Pier genutzt werden.
Pott	großes Schiff, Großschiff (dicker) Pott (ugs.), Dampfboot Vaporetto (ital., lat.), Kreuzfahrtschiff, Ozeanriese, schwimmendes Hotel (ugs.).
Präsens	wird verwendet, um zu beschreiben, was gerade jetzt passiert, oder um allgemeine Aussagen zu treffen. Es konzentriert sich auf die gegenwärtigen Handlungen.
Prise	im Krieg erbeutetes, beschlagnahmtes feindliches oder auch neutrales Handelsschiff oder Handelsgut „ein Schiff als Prise erklären".
PS	Ein PS die Leistung, die ein Pferd erbringt, wenn es in einer Sekunde ein Gewicht von 75 Kilogramm einen Meter hochheben kann.
resp.	Abkürzung für respektive, anders ausgedrückt; beziehungsweise.
RMS	Royal Mail Ship (oder Steamer), überwiegend abgekürzt R. M. S. oder RMS, wurde dem Schiffsnamen aller Schiffe vorangestellt, die Post der britischen Royal Mail befördern. Die Abkürzung wird seit 1840 verwendet. Die Cunard Line war damals der größte Postverschiffer, alle ihre Schiffe trugen dieses Namenspräfix.
Schlingern	ist die Bewegung des Schiffes um seine horizontale Längsachse.
Seemeile	in der Schifffahrt und Luftfahrt gebräuchliches Längenmaß und entspricht 1,85201 km.
Sloop	gemeint sind mit einer Geschwindigkeit von 16 bis 18 Knoten, recht langsame Geleitschiffe die vorwiegend zur U-Boot-Bekämpfung eingesetzt worden.
Sm	Seemeile, besitzt eine Länge von 1.852 Meter, also annähernd 2 km.

SMS	ist die Abkürzung für „Seiner Majestät Schiff" also für die Kriegsschiffe des zweiten deutschen Kaiserreiches.
S.M.	Abk. für Seine Majestät Schiff; wurde in der kaiserlichen Marine vor dem Eigennamen von Kriegsschiffen geführt, z. B. S.M.S. Nassau oder aber S.M.
Sonar	Ein „Verfahren zur Ortung von Gegenständen in der Atmosphäre und unter Wasser mittels ausgesandter Schallimpulse".
Steuerbord	die rechte Seite des Schiffes, wenn man auf dem Schiff steht und mit dem Gesicht nach vorne sieht.
t	Die Tonne (von lateinisch tunna „das Fass") oder auch metrische Tonne mit dem Einheitenzeichen „t" ist eine Maßeinheit der Masse. Nach dem Internationalen Einheitensystem entspricht eine Tonne 1000 Kilogramm (oder einer Million Gramm, also einem Megagramm).
Top	ist die oberste Spitze des Mastes.
U-Boot	Ein U-Boot (kurz für Unterseeboot) ist ein Schiff, das für die Unterwasserfahrt gebaut wurde.
USA	United States of America. Die Vereinigten Staaten von Amerika umfassen nahezu die gesamte südliche Hälfte Nordamerikas. Hauptstadt: Washington, D. C. (District of Columbia).
usw.	und so weiter.

Quellennachweis Bilder

Bild 1   Skagerrak / Friedrich von Kühlwetter / Ullstein AG / Berlin 1933

Bild 2   Volk und Seefahrt / Paul H. Kuntze / Verlag von Georg Dollheimer / Leipzig 1940

Bild 3   Volk und Seefahrt / Paul H. Kuntze / Verlag von Georg Dollheimer / Leipzig 1940

Bild 4   Skagerrak / Friedrich von Kühlwetter / Ullstein AG / Berlin 1933

Bild 5   Volk und Seefahrt / Paul H. Kuntze / Verlag von Georg Dollheimer / Leipzig 1940

Bild 6   ChezOC/Shotshop.com / Royalty Free / Stockfoto y6x-fr3

Bild 7   Volk und Seefahrt / Paul H. Kuntze / Verlag von Georg Dollheimer / Leipzig 1940

Bild 8   Wikimedia / Public Demian

Bild 9   Bundesarchiv, Bild 146-1970-074-24

Bild 10   Museum Wolmirstedt / museum-digital: sachsen-anhalt.

Bild 11   Wikimedia Commons / Originalzeichnung von G. Martin.

Bild 12   picture / united Archiv

Bild 13   Wikipedia / die frei Enzyklopädie.

Bild 14   Wikipedia / die frei Enzyklopädie.

Bild 15   Volk und Seefahrt / Paul H. Kuntze / Verlag von Georg Dollheimer / Leipzig 1940

Bild 16	Hahmann
Bild 17	„Unsere Marine im Weltkrieg 1914 - 1918" Vaterländischer Verlag / C.U.Weller / Berlin 1927
Bild 18	„Unsere Marine im Weltkrieg 1914 - 1918" Vaterländischer Verlag / C.U.Weller / Berlin 1927
Bild 19	Wikipedia / die frei Enzyklopädie.
Bild 20	Volk und Seefahrt / Paul H. Kuntze / Verlag von Georg Dollheimer / Leipzig 1940
Bild 21	Hahmann
Bild 22	Bundesarchiv, Bild 134-C-238 / CC-BY-SA 3.0 (Wikipedia)
Bild 23	Hahmann
Bild 24	Volk und Seefahrt / Paul H. Kuntze / Verlag von Georg Dollheimer / Leipzig 1940
Bild 25	Schleswig-Holsteinische Landesbibliothek - Landesgeschichtliche Sammlung / DE-MUS-076111, Album 188-26
Bild 26	Schleswig-Holsteinische Landesbibliothek - Landesgeschichtliche Sammlung / DE-MUS-076111, Album 188-139
Bild 27	Hahmann
Bild 28	Hahmann
Bild 29	wikiwand, die freie Enzyklopädie.
Bild 30	wikiwand, die freie Enzyklopädie.
Bild 31	„Unsere Marine im Weltkrieg 1914 - 1918" Vaterländischer Verlag / C.U.Weller / Berlin 1927

Bild 32	„Unsere Marine im Weltkrieg 1914 - 1918" Vaterländischer Verlag / C.U.Weller / Berlin 1927
Bild 33	Volk und Seefahrt / Paul H. Kuntze / Verlag von Georg Dollheimer / Leipzig 1940
Bild 34	Wikipedia / User: W. wolny - IWM Collections IWM Photo No.: Q 20220
Bild 35	Wikipedia / Bundesarchiv Bild 102-00159
Bild 36	Volk und Seefahrt / Paul H. Kuntze / Verlag von Georg Dollheimer / Leipzig 1940
Bild 37	Hahmann
Bild 38	Wikipedia / die frei Enzyklopädie.
Bild 39	Wikipedia / die frei Enzyklopädie.
Bild 40	Hahmann
Bild 41	Wikipedia / die frei Enzyklopädie.
Bild 42	Wikipedia / die frei Enzyklopädie.
Bild 43	Die Schlacht von Gallipoli 1915 www.gallipoli1915.de/U21
Bild 44	Die Schlacht von Gallipoli 1915 www.gallipoli1915.de/U21
Bild 45	Die Schlacht von Gallipoli 1915 www.gallipoli1915.de/U21
Bild 46	Gemälde von William Lionel Wyllie / Wikipedia / Die frei Enzyklopädie.
Bild 47	NDR Retro / Chronologie / Erstes Handels-U-Boot-Deutschland überquert 1916 den Atlantik.
Bild 48	BREMERHAFEN MEER ERLEBEN Bild-PD-alt - 1923

Bild 49	Wikipedia / die frei Enzyklopädie.
Bild 50	Wikipedia / die frei Enzyklopädie.
Bild 51	Deutsche Übersetzung. Explorer Magazin, 2017-2020 Bill Lee.
Bild 52	Wikipedia / die frei Enzyklopädie.
Bild 53	Hahmann
Bild 54	Hahmann
Bild 55	Hahmann
Bild 56	Hahmann
Bild 57	Hahmann
Bild 58	Hahmann
Bild 59	Modding (Streitmacht) Bibliothek
Bild 60	Modding (Streitmacht) Bibliothek
Bild 61	Wikipedia / die frei Enzyklopädie.
Bild 62	Historische Bilder täglich bei t-online.de
Bild 63	Ran an den Feind / Kleiner Kriegshefte / Nr. 10
Bild 64	Wikipedia / Die frei Enzyklopädie / nach Aufnahmen der Berl. Illustrat. / Ges.m.b.H.
Bild 65	Wikipedia / die frei Enzyklopädie /.nach Aufnahmen der Berl. Illustrat. / Ges.m.b.H.
Bild 66	Wikipedia / Die frei Enzyklopädie / nach Aufnahmen der Berl. Illustrat. / Ges.m.b.H.
Bild 67	„Unsere Marine im Weltkrieg 1914 - 1918" Vaterländischer Verlag / C.U.Weller / Berlin 1927

Bild 68   „Unsere Marine im Weltkrieg 1914 - 1918" Vaterländischer Verlag / C.U.Weller / Berlin 1927

Bild 69   Hahmann

Bild 70   „Unsere Marine im Weltkrieg 1914 - 1918" Vaterländischer Verlag / C.U.Weller / Berlin 1927

Bild 71   „Unsere Marine im Weltkrieg 1914 - 1918" Vaterländischer Verlag / C.U.Weller / Berlin 1927

Bild 72   Wikipedia / die frei Enzyklopädie.

Bild 73   Hahmann

Bild 74   Deutsches Historisches Museum

Bild 75   Hahmann

Genutzte und weiterführenden Literatur

Brehmer, Artur   „Die kühne Fahrt der „Deutschland"
Berthold Siegmund
Berlin 1916

Graf Reventlow   „Die deutsche Flotte - Ihre Entwicklung
Kapitän-Leutnant   und Organisation"
a. D.   *Fr. Lehmann's Buchhandlung*
Zweibrücken i. Pfalz 1901

Kuntze, Paul H.   „Volk und Seefahrt"
Korvettenkapitän   *Verlag von Georg Dollheimer*
z.V.   *Leipzig 1940*

König, Paul   „Die Fahrt der Deutschland"
(Ullstein-Kriegstagebücher)
Ullstein & Co
Berlin 1916

Kühlwetter.   „Skagerrak - Der Ruhmestag der deutschen
Friedrich von   Flotte"
Ullstein A.G.
Berlin 1933

Laverrenz, Viktor   „Deutschland zu See"
Berlin 1900

Lipsky, Florian und   „Deutsche U-Boote"
Stefan   *Mittler & Sohn*
Hamburg 2006

Michelsen, Andreas   „Der U-Bootkrieg 1914-1918"
Koehler
Berlin 1925

Neukirchen, Heinz   „Krieg zur See"
Vizeadmiral d. R.   *Deutscher Militärverlag*
Berlin 1966

| Rössler, Eberhard | „Die deutschen U-Kreuzer und Transport-U-Boote"
Bernard & Graefe
Bonn 2003 |

| Schwerdfeger,
Hartmut
Herlyn, Erik | Die Handels-U-Boote „Deutschland" und „Bremen". Das Abenteuer der sensationellen Ozeanüberquerung. (Ein vergessenes Kapitel der Seefahrt).
Kurze-Schönholtz und Ziesemer Verlag
Bremen 1997 |

| Von Trotha und
König | „Deutsche Seefahrt"
Otto Franke / Verlagsgesellschaft Berlin
Birkenwerder 1928 |

| Werner, R. | „Das Buch von der Deutschen Flotte"
Verlag von Velhagen und Klasing
Bielefeld und Leipzig 1902 |

| Wislicenus, Georg | „Deutschlands Seemacht"
Verlag Friedrich Wilhelm Grunow
Leipzig 1896 |

„Deutsches Lesebuch für Volksschulen 5. und 6. Schuljahr XIII"
Gemeinschaftlich verlegt von Hermann Böhlaus Nachfolger Weimar / Oskar Bonde, Altenburg / Engelhard-Reyhersche Hofbuchdruckerei, Gotha / F. W. Gadow & Sohn, Hildburghausen / Fürstl. priv. Hofbuchdruckerei F. Mitzlaff, Rudolstadt.
Weimar 1936,

„Ereignisse, die Deutschland veränderten"
Reader`s Digest Verlag Das Beste GmbH
Stuttgart, Zürich, Wien 2008
Seite 284 / 285

„Kennung der deutschen Kriegsschiffe und Torpedoboote"
Admiralstab der Marine
1917

„Lebensgut - Ein deutsches Lesebuch für höhere Schulen"
Zweiter Teil
Verlag Moritz Diesterweg
Frankfurt a. M. 1931

„Marine Album"
Berlin 1910

„Unsere Marine im Weltkrieg 1914-1918"
Vaterländischer Verlag
Berlin 1927

ERNST - ULRICH HAHMANN
Oberstleutnant a. D.

geb. 1943 in Ellrich am Südharz, lebt in Bad Salzungen, Ausbildung als Dreher, Laufbahn eines
Artillerieoffiziers. Einsatz als Kreisgeschäfts-
führer beim DRK Bad Salzungen. Tätig bei hes-
sischen und bayrischen Sicherheitsfirmen in unterschiedlichen
Funktionen. Zwei Mal verheiratet. Verwitwet. Drei Kinder. Artikel
für militär-technische und militär-wissenschaftliche Zeitschriften
geschrieben sowie eine Dokumentation über das Leben und Wir-
ken des Arbeiterführers *Franz Jacob*. Nach der Wende Fernstu-
dium „Schule des Großen Schreibens" an der Axel Andersson Aka-
demie in Hamburg. Jetzt im Ruhestand. Geht seinen Hobbys
nach. Schreibt jeden Tag mindestens eine Stunde und regelmäßig
im Fitnessstudio. Mitglied des Literaturkreises Bad Salzungen.

Veröffentlichungen:
* Das alte Salzungen - Sagen einer Stadt im Werratal.
* Die Schnepfenburg - Bad Salzungen.
* Die Ritter vom Frankenstein.
* Die Gotteshäuser von Bad Salzungen.
* Die Ritterburgen im Salzunger Land.
* Das alte Ellrich - Sagen einer Südharzstadt.
* Die wilde Horde.
* Mit neunzehn im Kessel von Stalingrad.
* Der Weg in die Hölle - Stalingrad.
* Unter der Knute Stalins.
* Reiki - Heilende Hände (Co-Autor Edelweiß Knabe).
* Es gibt eine wunderbare Kraft ... (Co-Autor Edelweiß
  Knabe).

❋ Lausbuben - Geschichten und Erzählungen aus der Kinderzeit.

❋ Buntes Allerlei.

❋ Lyrisches- Eine Schubkastensammlung aus Poesie.

❋ Die St. Johanniskirche in Ellrich - Höhen und Tiefen, Licht und Schatten eines evangelischen Gotteshauses.

❋ Der Hund - Der beste Freund und Helfer des Menschen.

❋ Gedichte - Phantasien und Gedanken in Versen!

❋ Kleiner Löwe Flynn

❋ Jörg Seedow - Ein Journalist auf Spurensuche:
Band 1: Der Leichenschänder.
Band 2: Der Flüchtling.

❋ Welt der Heimatsagen:
Band 1: Sagen und Geschichten aus dem Werratal.
Band 2: Sagen und Geschichten aus dem Südharz-Vorland.
Band 3: Sagen und Geschichten aus dem Südharz-Vorland,
*   dem Werratal und Unterfranken.*

❋ Welt der Heimatsagen:
Band: 1 / Band: 2 / Band: 3 Thüringer Rhön.

❋ Welf Wesley - Der Weltraumkadett:
Band 1: Die Feuertaufe.
Band 2: Auf den Spuren der Außerirdischen.
Band 3: In Weltall verschollen.
Band 4: Zurück zur Erde.
Band 5: Flucht in die Unendlichkeit.
Band 6: Die parallele Welt.

❋ Todesursache: Vernichtung durch Arbeit:
Band 1: Kali-Werra-Revier und das KZ Buchenwald.
Band 2: Außenkommandos des KZ Buchenwald im Kali-
*   Werra-Revier.*
Band 3: Einsatz Kriegsgefangener und Fremdarbeiter im
*   Kali-Werra-Revier.*
Band 4: SS-Arbeitslager Erich.
Band 5: SS-Arbeitsbrigade IV.
Band 6: Die Erinnerung darf nicht sterben.

* Der Zweite Weltkrieg:
  Band 1: In Einsatz als Luftnachrichtenmann - Auf dem Weg in die Hölle Stalingrad.
  Band 2: Mit neunzehn Jahren im Kessel von Stalingrad - Es war die Hölle.

* Der Erste Weltkrieg:
  Band 1: Die Westfront - Massenhaftes Sterben in den Schützengräben.

Als Ghost Writers geschrieben:
* *Zwischen 2 Welten - plötzlich ist alles anders (Nahtoderfahrungen eines Betroffenen).*
* *Traurigkeit.*
* *Anna Maria - Mein kleiner Sonnenschein und ihre Träume.*

ISBN 9 783759 787347

ISBN 9 783754 305119

ERNST-ULRICH HAHMANN

DER ZWEITE

WELTKRIEG

Mit neunzehn Jahren im Kessel von Stalingrad

Es war die Hölle

BOOKS ON DEMAND

ISBN 9 783754 333846